佐藤青南

白バイガール

駅伝クライシス

実業之日本社

実業之日本社文庫

白バイガール *The motorcycle police girl*
駅伝クライシス

contents

白バイガール　駅伝クライシス

プロローグ

ポケットに振動を感じて、両角麗奈（もろずみれな）はスマートフォンの液晶画面を確認した。

電話の着信中だった。発信者名は『篠田紗世（しのださよ）』と表示されている。

少し逡巡（しゅんじゅん）した後、麗奈はスマートフォンを耳にあてた。

『もしもし？　もしもし麗奈？』

女が呼びかけてくる。間違いなく、つい一時間ほど前までは親友だと思っていた女の声だった。

「何度もかけてこないで」

『だって麗奈。電話に出てくれないから。心配で』

心配？　誰がなにを？　笑わせるな。

怒りのあまり声が震える。

「切るから」

電話も。高校時代から続いていた友情も。

『ちょっと待って。あなた、いまどこにいるの』

わからない。私はどこにいるのか。

着の身着のままでマンションを飛び出した後は、できる限り忌まわしい場所から遠ざかることしか考えていなかった。

小高い丘から見下ろす家々の絨毯に、灯りは乏しい。海岸線のほうには光が連なっているが、それもまばらな上に、かなり遠そうだ。黒く沈んだ相模湾でぽつんと明滅しているのは、数日前に行った江の島展望灯台だろうか。あのときは楽しかったなあと、遠い過去を振り返る心境になる。まさかこんなことになるなんて、想像もしていなかった。

「私の荷物は、後で宅配便で送って。着払いでいいから」

じゃあねと通話を切ろうとしたそのとき、がさがさと雑音がして、『待って』と男の声に代わった。

『麗奈ちゃん。ごめん。おれが悪かったよ』

取り繕うような猫なで声に、怖気立つ。

『そんなに怒っているなんて、思ってもみなかった。悪気はなかったんだ。とにかく、こんな時間に女の子を一人で出歩かせるわけにはいかない。危ないよ。帰るにしても、せめて駅まで車で送らせて欲しい。どこにいるの』

あんなことをしておいてなにを紳士ぶっているんだと、麗奈は自分の耳を疑った。おまえといるほうが、よほど危険じゃないか。

電話の相手は島崎佳史。

つい先ほど、麗奈を襲った男だった。

覆いかぶさってくる男のシルエットがフラッシュバックし、全身が粟立つ。

麗奈はこの年末年始、柳という男の父親が所有するマンションに滞在していた。

大学の先輩のお父さんが鎌倉にマンションを持ってて、自由に使ってもいいんだって。そこで年越ししないかって誘われたんだけど、麗奈も来ない——?

そう言って紗世から誘われたとき、見知らぬ男と寝食をともにするなんて、と警戒する気持ちもあった。だが高校時代にはなにをするにも一緒だった親友に久々に会いたかったし、マンションには部屋数も多く、男女が同じ空間で寝泊まりするわけでもないという。なにより麗奈には、正月にこの場所を訪れたい理由があった。

最初の数日は楽しかったのだ。

島崎が登場するまでは。

島崎は柳の大学の友人らしく、昨晩ふらりとマンションにやってきた。軽薄そうな話し方やなにかにつけて身体に触れようとする馴れ馴れしい態度。未成年の麗奈にやたらと酒を勧めるところ。最初からなんとなく嫌な予感はしていた。

はたしてほかの二人が寝静まったころを見計らい、島崎は寝室に忍び込んできた。

だが麗奈がもっとも許せないのは、島崎に襲われたことではない。その後、助けを求めたときの、親友の態度だった。

どうしてそんなに騒いでるの。島崎くんも酔ってるし、悪気があったわけじゃないのに――。

紗世はそう言って、島崎を擁護したのだった。「もしかして麗奈って、まだなの？」と嘲るようなことも言われた。そういう問題ではない。経験があったら、好きでもない男を受け入れてやれと言うのか。

「私、神奈川県警に知り合いがいるの」

島崎が絶句する。

『ケ、ケーサツ？　なに言ってるの。おおげさだな』

「おおげさなんかじゃない。あなたのやったことは、れっきとした犯罪だから。きっちり償ってもらうから」

真偽を探るような沈黙の後、挑発的な台詞（せりふ）が返ってきた。

『いいよ。警察に言ってみろよ。どうせうちの親父（おやじ）がもみ消すから、無駄だけどな』

うんざりとなる。

紗世の通う京明（けいめい）大学は、経済的に裕福な家庭の子女が多いことで有名だ。柳も島崎も幼稚園からのエスカレーター組なのだと、紗世は自分の育ちの良さを誇るように得意げだった。

毛並みの良いサラブレッド。東京での華やかなキャンパスライフ。そんなものに、ほんのわずかでも憧れを抱いた自分が馬鹿らしい。

「……そうする」

電話を耳から離したとき、『嘘（うそ）！　ごめん！　警察だけは――』という懇願が聞こえたが、無視して通話を終えた。

そのとたんにスマートフォンが震えた。

島崎が慌てて電話をかけ直してきたのかと思ったが、違った。

電話ではなく、メールが届いていた。

――おはよう。今日は応援よろしくな。

三つ年上の兄からだった。

「そっか……いま起きたんだ」

弦巻大学陸上部に所属する兄は、今日、選手として箱根駅伝の十区を走る。

調整のために、一週間前から午前三時起きの生活を続けていることは知っていた。元日に電話したとき、「夕方を過ぎるとすごく眠くなるんだ。お爺ちゃんみたいだろう」と、笑いながら話していた。

無性に声が聞きたくなったが、勘の良い兄のことだ。妹の声だけで異変を察知してしまうに違いない。これまで散々甘えてきたし、心配ばかりかけてきたが、今日だけは邪魔してはいけない。

電話はやめ、メールに返信することにした。

頑張って。

たったそれだけの内容なのに、寒さで指がかじかんで思うように画面をタップできない。

そのとき、遠くからエンジン音が迫ってくるのに気づいた。

まさか島崎が？

ひやりとして振り返ったが、曲がりくねった坂道をくだってくる車は、柳や島崎が乗り回していた外国産の高級車とは違うようだ。

強い光が直接目に入り、視界が白く染まる。

手でひさしを作り、眉をひそめてヘッドライトの向こうを凝視した。

やがてエンジンをかけたまま停止した車の運転席から、男が降りてくる。それが柳でも島崎でもないのは、広い肩幅に逆三角形のシルエットでわかった。と同時に、男の全身から発散される剣呑な空気で、自分にとって危険な存在であることも直感した。

麗奈はとっさに地面を蹴った。

だが相手の男のほうが、数段足が速かった。

手首を掴まれ、羽交い締めにされ、口を手で覆われる。

腕力も島崎とは桁違いだ。懸命に抵抗しているつもりなのに、まったく身体の自由が利かない。

「おとなしくしないと殺すぞ」

低く押し殺した声に、全身の細胞が動きを止めた。

黒目だけを動かし、相手の顔を確認する。

衝撃で視界が揺れた。

この人……なんで――？

麗奈は相手の手の平に震える息を吐きかけながら、異様な輝きを放つ二つの目と見つめ合った。

1st GEAR

1

横浜市戸塚区の国道一号線。

〈東俣野〉の信号から西に入った道沿いに、昼のように煌々と明るい一角があった。

遠くから見るとお祭りでもやっているように見えるその場所の光源は、密集するヘッドライトだった。普段はファミリーレストランの第二駐車場として使用される広場だが、いま敷地を埋め尽くしている車両は、ファミリーレストランの利用客のものではない。

トヨタクラウンをベースにした白黒パトカーと、ホンダＣＢ１３００Ｐ——いわゆる白バイ。すべて警察車両だった。

一月三日。

東京箱根間の往路一〇七・五キロ、復路一〇九・六キロ、合計二一七・一キロに及ぶコースを二日間にわたり、十人のランナーで襷をつなぎながらリレーする、東京箱根間往復大学駅伝競走——通称箱根駅伝の二日目、復路の開催日だ。

横浜市戸塚区東俣野町のその場所は、箱根駅伝の先導・警備を担当する神奈川県警第一交通機動隊の集合待機場所となっていた。そのため横浜市南区にある第一交通機動隊本部以下、幸、横須賀、みなとみらいの三分駐所に勤務する隊員のうち半数近くが、復路八区の途中にあるこの一か所に集結している。箱根町芦ノ湖駐車場入り口から選手を先導してきた第二交通機動隊とこの場所で交代し、多摩川にかかる六郷橋を渡って東京都大田区に入ったところで、警視庁交通機動隊に任務を引き継ぐ。

まだ夜も明けきらない午前六時三十分。

川崎潤はブレーキに軽く指をかけ、車体を倒してＣＢ１３００Ｐを駐車場に進入させた。

まず、駐車場の出入り口付近に立っていた元口航生と目が合う。潤の所属するみなとみらい分駐所Ａ分隊の先輩隊員だ。今日は班長・山羽公二朗の運転する警備の白黒パトカーに同乗することになっている。

「来た来た」

ヘルメット越しなので声は聞きとれないが、笑顔になった元口の口がそう動き、白い息を吐き出した。

元口は潤を拍手で迎えてくれた。

そこから、拍手の輪が波紋のように広がる。

潤はエンジンを止め、シートを降りながら周囲を見回した。「よっ、本日の主役！」「真打ち登場！」「頑張れよ！」「赤がよく似合ってるぞ！」といったからかいの混じった励ましが、あちこちから飛んでくる。潤はいつものライトブルーではなく、赤い制服姿だった。式典などに臨む際の女性隊員用の制服だ。

もちろん嬉しいが、それをどう表現していいのかわからない。

こんなとき同僚の本田木乃美なら、素直に喜びを爆発させられるんだろうけどな。

そんなことを考えながら戸惑っていると、柔和な笑顔を湛えた梶政和が歩み寄ってきた。豆タンクのようながっしりとした身体つきの元口とは対照的なひょろりとした体形のこの男も、A分隊で潤がお世話になっている先輩隊員だ。今日は白バイで警備に加わる。

「どうだ。少しは眠れたか」

「眠ろうとはしたんですけど」

そんな台詞を吐く自分が意外だった。

布団（ふとん）に入って目を閉じても、まぶたの裏でついイメージトレーニングをしてしまい、そのたびに微睡（まどろ）みかけた意識が冴えた。これって、緊張しているということだろうか。たぶん、そうなのだろう。私って緊張するんだ。二十代半ばにして未知の自分を発見したことに、軽い感動すら覚えた。

「大丈夫大丈夫。一日ぐらい眠れなくったって人間は死なねえって。いつも走ってる道なんだし、目を瞑（つむ）っててても走れるだろ」

元口が乱暴に肩を抱いて激励してくれる。

「無責任なこと言うな。本当に目を瞑って事故ったら、おまえどう責任取るつもりなんだ」

梶は本気で心配しているようだ。

「真に受けないでくださいよ。言葉の綾（あや）じゃないっすか。相変わらず頭固いな、梶さんは。固い固い。ライディングとおんなじ」

元口がやれやれといった調子で肩をすくめる。

「なんだと？　おまえにライディングのことであれこれ言われたくない」

　普段は温厚で元口のおもちゃにされる梶だが、ことバイクの腕前の話となると、冗談と受け流せないようだ。本気でむっとしている。

「でもこの前、分駐所でスラローム対決したらおれのほうが〇・二秒だっけ？　速かったじゃないですか」

　なあ、と元口が潤を見る。

「手動計測だろ。あんなのは誤差の範囲だ。認めない」

「まだそんなこと言ってんすか。大人げないなあ。三人の子供のパパなのに」

「譲れないものは譲れないんだ。おれは負けてない」

「パパ。素直に負けを認めないとかっこ悪いよ」

　元口が幼児を真似たような舌っ足らずな話し方をする。

「うちのガキはそんな頭の悪そうなしゃべり方はしない」

「あなた。素直に負けを認めなさい」

　今度は梶の妻ということなのだろうが、喉を潰したようなダミ声だ。

「うちのやつを化け物扱いするな」

　梶が不愉快そうに顔をしかめた。

「でも梶さん、いつも言ってますよね。あいつは人間じゃないって」

「自分で言うのはいいけど、他人に言われるとむかつくもんだ」

「こんど久々に梶さん家に遊び行っていいですか」

「散々うちの家族ディスっといて、よくそんな申し出ができるな」

相変わらず漫才コンビのような二人に苦笑していると、班長の山羽が歩み寄ってくる。がっしりとした水泳選手のような身体つきは相変わらずだが、どこか違和感がある。

しばらく首をかしげながら観察して、潤は自分の顎に手をあてた。

「髭……」

そうだ。いつもうっすらと顔の下半分を覆っている、トレードマークの無精髭がない。そのせいでやけに顔がつるんとした印象になり、アプリで美肌に修正した写真のような違和感がある。

山羽は照れ臭そうになにもない顎を撫でた。

「テレビに映るかもしれんのだから身綺麗にしとけって、中隊長に言われてな」

あくまで不本意なのだと、強調したいようだ。

「悪くないと思いますよ」

「本当か」

　山羽の表情が明るくなった。

「ええ。二歳は若返って見えます」

「馬鹿野郎。それじゃおれは未成年ってことになるだろう」

　当然ながら冗談だ。山羽は今年、三十七歳になる。以前は刑事課に所属しており、二十代後半で突如交通機動隊への異動を希望するまで、二輪免許すら持っていなかったという変わり種だ。

　真顔に戻った山羽が、潤の顔を見て頷く。

「体調は悪くなさそうだな」

「はい」

　眠れないことに少し焦りもしたが、緊張のせいか眠気はまったくない。

「おれのときも眠れなかった。もっとも、少しぐらい寝不足でやつれてるぐらいじゃないと、沿道のギャルがキャーキャー騒いでしょうがなかっただろうが」

「不審者が白バイで先導してる……ってですか」

「この野郎」

　笑顔で二の腕を小突かれた。

潤は第一交通機動隊の代表として、箱根駅伝復路の先導をつとめることになっていた。

「ところで班長。まだ？」

一縷(いちる)の望みを抱いていたが、山羽は曖昧(あいまい)な表情でかぶりを振った。

「残念だが」

「そうですか」

語尾にため息が混じった。

山羽が真剣な声音になる。

「本田のためにも、おまえは目の前の任務に精一杯に取り組むべきだ」

「わかってます」

――私にはまだこの先チャンスがあるから平気。潤はかっこよく先導して、昔の私みたいな女の子の、白バイ隊員を目指すきっかけになってね。

そう言ってぎこちないウインクをした木乃美の気持ちに応えるためにも、いまは自分の任務に集中するべきだ。

「なあに。本田なら大丈夫だ。あの人並み外れた動体視力で、きっと見つけるさ」

梶が慰(なぐさ)めてくれる。たしかにその通りだ。木乃美の動体視力なら、捜索対象者がたとえ車やバイクを乗り換えていたとしても見逃すことはない。

「でもあいつのライテクじゃ、見つけることはできても捕まえられないんじゃないかな」

元口の指摘も、また的を射ていた。すぐれた動体視力を持つ木乃美だが、いざ手配車両を発見しても、追跡するための肝心のライディングテクニックがまだまだ発展途上だ。

「なに余計なことを……」

梶に睨(にら)まれ、元口があっ、という顔になる。

「ああ。き、きっと大丈夫。たしかに本田のライテクはまだまだかもしれないけど、あいつは、なんというか、その……真面目(まじめ)だから」

しどろもどろな部下の様子に、山羽が噴き出した。

「なんだそりゃ。真面目だから、って、まったくフォローになってないぞ」

「ほんとそうだよ。普段は余計なことまでべらべら喋(しゃべ)るのに、なんで肝心なときに気の利いたことが言えないんだ」

梶が頭を抱える。

「やっぱり心配だな。木乃美……」

潤ががっくりと肩を落として大げさにため息をつくと、梶が咎めるように元口を横目で睨み、元口がおろおろとする。

潤はいたずらっぽく笑った。

「なんちゃって。冗談ですよ。私なら大丈夫です。木乃美のことは気になりますけど、ちゃんと集中してやります。情けない運転なんかしたら、後で合わせる顔がありませんから」

「なんだよ、すっかり担がれちまった」

「川崎もやるようになったな」

元口と梶がほっとしたような顔をし、山羽が笑う。

そのとき、視界の端によく見知った顔を発見した。

「谷原さんに挨拶してきます」

潤はA分隊の面々から離れ、駐車場の奥のほうに向かった。

やや薄くなった髪をオールバックに撫でつけた男が、若い交機隊員たちに囲まれている。オールバックの男のほうも潤に気づいたらしく、若い交機隊員たちに軽く手を上げて会話を切り上げ、こちらに歩み寄ってきた。

「おはよう。川崎」

笑うとくしゃっと潰れるような笑顔が、とても人懐こい。

「おはようございます。谷原さん。今日はよろしくお願いします」

谷原直隆警部補は、潤とともに今日の先導役をつとめることになっていた。交通機動隊員のライトブルーの制服を着ているが、現役の交機隊員ではない。すでに前線を退いており、現在は湊警察署交通総務課に勤務する日勤職員だ。

現役白バイ隊員でない者が箱根駅伝の先導をつとめるのは、異例のことらしい。その背景には、来年に勇退を控えた谷原に最後の花道を飾らせてやりたいという、新旧交機隊員たちの熱烈な推薦があったと聞く。

ふいに谷原が目尻に皺を寄せ、潤の肩をぽんと軽く叩いた。

「本田のことを信じてやれ。信じてくれる人間がいれば、人は頑張れるんだ」

はっとなった。

谷原が多くの後輩から慕われる理由が、理解できた気がした。

「わかりました」

だけど、やっぱ一緒に箱根を走りたかったよ、木乃美――。

潤はうっすらと明るくなり始めた東の空を見つめた。

2

県警本部捜査一課の坂巻透（さかまきとおる）がみなとみらい分駐所を訪ねてきたのは、暮れも押し迫った十二月三十一日の、夜九時をまわったころだった。

「うー、さむさむさむ……」

両手を擦（こす）り合わせながら事務所の戸を開いて入ってくる太鼓腹の刑事に、最初に声をかけたのは本田木乃美だった。

「部長。どうしたの」

坂巻の階級は部長ではない。警察学校入校時から教官以上の貫禄（かんろく）を湛えていた男に、同期たちが授けた渾名（あだな）だ。坂巻が大卒、木乃美が高卒なので年齢こそ違うものの、二人は警察学校の同期だ。

「残念。一足遅かったな、坂巻。ちょうどいま年越しそば食べ終わったところだ」

元口が見せつけるように空の器を持ち上げ、それを見ていた梶が、猛スピードで箸を動かしてそばをかき込み始める。

「いや、梶さん。別に梶さんの年越しそば、狙っとらんですけん、ゆっくり食うて

ください よ」

なんでおれがここに来ただけで食い物目当てと思われるとかなと、坂巻が苦笑しながら薄い髪を撫でる。大学進学を機に九州から上京してすでに十年以上も経つはずだが、坂巻の訛りはいっこうに抜ける気配がない。方言の醸し出す朴訥さが、聞き込み相手の心を開かせるのに有効なのだという。

「食い物目当てじゃないのか」

山羽は意外そうだ。

「違いますってば。なんで山羽巡査長まで。そんな意地汚い男やと思われとるのは心外ですわ」

「だけどこの前、冷蔵庫に入ってたガトーよこはまのチーズケーキ、元口さんのぶんまで持って帰ってましたよね」

潤の暴露に、「なんだと？　チーズケーキなんて聞いてないぞ」と元口がぎょろりと大きな目を見開く。

坂巻は真っ青になって弁解した。

「そ、それは違うやろうが、川崎！　たまたま元口さんの週休日にここに遊びに来たら、いただきもののチーズケーキがあるから食べるかって山羽巡査長が勧めてくれらしたけん、遠慮なくいただいて――」

「その上で、一つじゃ足りなくて冷蔵庫に残った最後のケーキを持って帰ったんだっけ。元口さんは休みだから、持って帰ってもわからないとかなんとか言いながら」

木乃美はにやにやしながら火に油を注いだ。

「本田！　誤解を招く言い方はやめんか！　ほら、大事な先輩に賞味期限の過ぎたやつを食べさせるわけにはいかんやろうが！」

「坂巻！　てめえ、おれの胃腸をみくびるんじゃねえ！　おれの賞味期限は表示プラス二週間なんだよ！」

立ち上がって怒鳴る元口に、梶はあきれ顔だ。

「キレるポイントがおかしくないか」

「大晦日に揉めるな。年忘れということで、元口も食いものの恨みは水に流してやれ」

山羽はそう言って元口をたしなめ、坂巻に手刀を立てた。

「そういうわけですまんな、坂巻。おまえのぶんの年越しそばは用意してないんだ」

「だから年越しそばを食べに来たんじゃないとです。もう署で二杯食べて来ましたけん」

坂巻が不本意そうに指を二本立て、山羽が笑う。

「冗談だよ。昨日発生した、七里ガ浜海岸駐車場の殺人事件だろう」

「さすが山羽巡査長。話が早い」

坂巻が安心したように肩を落とした。

「あれ、かなりヤバそうな事件だよな」

梶が神妙な顔つきで腕組みをする。

「おっしゃる通りです。あんな物騒な事件が頻発するようになったら、おちおち外を歩くこともままならんです。神奈川県警の威信に懸けても、一刻も早く、犯人グループを検挙せんと」

坂巻は唇を引き結び、木乃美のほうに顔を向けた。

「どういう事件か、概要を説明してやろうか」

「なっ……なんで私に」

「おまえだけ視線が泳ぎまくっとって、話がようわかっとらんみたいやけんな」

図星だった。

元口が信じられないという顔をする。

「マジかよ。あんなに大きく報道されてたのに。おまえ昨日の休みなにしてたんだ」

「ずっと出かけてたんで、テレビとか見てないんです」

「ツーリングか」

山羽が興味深そうに、無精髭の浮いた顎をかいた。清水の舞台から飛び降りる心境でローンを組み、ホンダＮＣ７５０Ｘを購入してからは、木乃美は休日になるとよくツーリングに出かけている。

「いえ。昨日は違います。シーパラに行ったんです」

シーパラとは、八景島シーパラダイスの略称だ。横浜から電車で約四十分とアクセスがよく、遊園地と水族館が一緒になっているので、一日遊ぶことができる。

「いいな、シーパラ。そういやうちのチビたちも行きたいって言ってた」

梶がうらやましそうに唇をすぼめる。

「まさか本田、ついに男ができたのか」

勝手に決めつけて呆然とする元口に手を振ったのは、坂巻だった。

「そんなわけがなかでしょう。相変わらずのボンレスハムみたいな体型しとってからに」

「部長にだけは体型のことを言われたくないんだけど。だいたい、女子は少しぽっちゃりぐらいのほうがモテるんだからね」

なぜか坂巻以外からも冷たい視線を注がれているように感じるのは、気のせいだろうか。

坂巻が外国人のように両手を広げる。

「男と女の間のぽっちゃりの定義の違いについてはまたの機会にして、昨日のシーパラが男と一緒でなかったのは間違いない。おおかた、独身彼氏なしの寂しい女何人かで連れ立って、傷の舐め合いでもしとったとでしょう」

ぎくりとしたが、むっとした顔を作ってみせる。

「決めつけないでよ」

「決めつけたわけじゃない。れっきとした刑事としての推理たい。久方ぶりに男ができたとなら、そんなふうににんにくの臭いをぷんぷんさせとらんやろうしな」

「え」思わず手で口もとを覆う。

たしかに昨晩は女同士でにんにくたっぷりの餃子をたらふく食べた。

そんなに臭っていたのだろうか。

誰からも指摘されなかったが、いま元口が「気になっていたこの臭いのもとは、本田だったのか」という顔をしているのが気になる。

木乃美がほかの隊員たちの表情をうかがっていると、坂巻が事件の概要を説明し始めた。

「昨夜、十二月三十日の夜十一時ごろ、鎌倉市七里ガ浜東二丁目の駐車場で、集団リンチによる殺人事件があったとたい。目撃者によると、金属バットやら鉄パイプやらを持ってワンボックスカーから降りてきた数人の男が、駐車場に一人でおった男に、突然襲いかかったらしい。目撃者が鳴らしたクラクションに驚いて犯人グループが逃げ出すまで、ほんの二、三分。被害者の佐古田克也さんは、救急搬送の途中で息を引き取った。死因は外傷性ショック死。遺体は顔面が倍くらいに腫れ上がって、そらもう悲惨な状態やったぞ」

坂巻が腫れ上がった被害者の顔の大きさを両手で表しながら、痛ましげな顔になる。

「その事件と、おれたち交機になんの関係があるんだ。捜査協力依頼ってことだよな」

山羽の質問で、「そうそう」と坂巻がスーツの懐に手を突っ込んだ。

「この写真を見て欲しいとです」

数枚の写真を取り出し、山羽に差し出す。

山羽は自らも目を通しながら、ほかの隊員たちに写真を渡していった。

木乃美も写真に目を通し、声を上げた。

「あっ……」

やはり見覚えがあったかと手応えを噛み締めるように、坂巻がにんまりとしながら頷く。

「現場の駐車場に設置された防犯カメラには、犯行の一部始終が映っとりました。ただ、明るさも足りず、画像も不鮮明なので人物の特定までは難しかったとです。しかし藤沢駅前のディスカウントストアの店内のカメラに捉えられた集団の服装や背格好が、現場の防犯カメラの映像に映っとった犯人グループの特徴と一致したとです」

「そのディスカウントストアのカメラ映像をプリントアウトしたのが、これなんだな?」

梶は写真から視線を上げた。

「そうです。こいつらが犯人と考えて、ほぼ間違いないと思われます」

グループは六人。サングラスをしていたり、マスクをしている人物もいるが、おおむね画像は鮮明で、知人が見たらすぐに誰かわかるだろう。

「こいつら〈闘雷舞（トライブ）〉ですよね」

潤が同意を求めるように、木乃美を見る。

木乃美が頷くのと、元口が声を発するのは同時だった。

「だからおれたちなんだな」

「そういうことです。餅（もち）は餅屋というわけではありませんが——」

坂巻の発言を、山羽が先回りした。

「暴走族を捕まえるなら、交機に協力を要請するのが一番ってわけか。たしかにおれたちなら、日ごろから連中と鬼ごっこしてるから、やつらのメンバー構成や立ち回り先を把握している」

〈闘雷舞〉は横浜市の桜木町（さくらぎちょう）近辺を拠点にする暴走族だ。A分隊では日ごろから〈闘雷舞〉の暴走行為を取り締まっており、木乃美も主要メンバー数人の名前をそらで口にすることができた。

坂巻が揉み手をする。

「すでにマスコミでも大々的に報じられているため、社会的な影響も懸念されます。

なにより明後日には、管内で箱根駅伝という一大イベントが控えとるとです。捜一としては、できる限り早期解決を目指したいと思うとります。ご協力いただけんでしょうか」

A分隊一同の視線が、判断を仰ぐように山羽に集まる。

「どうせ追いかけるなら、相手は綺麗なお姉ちゃんのほうがよかったけどな」

とぼけた調子で言いながら、山羽が肩をすくめた。

3

その家は、みなとみらい分駐所から四十分ほど走った横浜市瀬谷区にあった。もう少し走れば大和市という、横浜市の西の外れだ。高層ビルの林立するみなとみらい地区と同じ市内とは思えない田園風景の続く県道から一本入った道沿いに、ぽつんと灯りをともしている。母屋のほかに離れと大きな倉庫があり、母屋の前には軽トラックも止まっていた。田舎の農家といった感じの風情だ。

そもそも交通量は多くない場所だが、年越しまであと一時間とあって、いつにも増して出歩く者が少ない。あたりの闇がいっそう深く感じられる。

先行するCB1300Pが次々にブレーキランプを点灯させるのにならい、木乃美もブレーキレバーを握った。路肩に寄せて停車する。

『交機六一から交機七三。どうだ？　様子は』

無線から聞こえる声は、山羽のものだった。山羽は木乃美の後ろ、行列の最後尾で、パトカーのハンドルを握っている。

先頭の元口が敷地を軽く覗き込むような動きをし、応答する。

『こちら交機七三。大当たり。ご在宅ですよ。さて、ここにホシがいるのかどうか。一足早いおみくじですね。当たるも八卦当たらぬも八卦』

『八卦はおみくじじゃなくて占いだろ』

すかさず訂正するのは、行列の二番目にいる梶だ。

『野暮だな。そんな細かいところばっかり気にしてるから、スラローム対決でおれに負けるんですよ』

『負けてないって何度言わせるつもりだ』

『梶さんが負けを認めるまでですよ』

電波越しにいつものじゃれ合いが始まりそうなところに、坂巻の期待に満ちた音声が割って入った。

『園部が在宅しとるとですか。それじゃ、犯行グループの連中も……？』

坂巻は山羽の運転するパトカーに同乗している。

『焦るな、坂巻。うちが把握しているだけでも、〈闘雷舞〉のメンバーは四十人以上いる。いくらたまり場とは言っても、全員が一度に集まることはめったにないんだぜ。いまここに集まってるやつらの中に、犯人が交じっている保証はない。とりあえずとっ捕まえてみないことにはわからないんだ。だから当たるも八卦のおみくじなのさ』

『八卦は占いだって』

元口の発言を、梶がふたたび訂正した。

A分隊がいるのは、〈闘雷舞〉の一員である園部拓の自宅前の路上だった。園部は幹部というわけではないが、両親が農業を営んでおり、自宅が広大な敷地を有している。そのため、メンバーのたまり場になっていた。暴走行為の取り締まりの際には、暴走に参加した車両の車種やナンバーを記録しておき、後日、園部の自宅を訪ねるというのが、A分隊にとってお決まりの手順になっている。

『どうしますか。班長』

山羽に指示を仰いだのは、木乃美の前に停車した潤だ。

山羽が応える。

『まずは坂巻に訪ねてもらおう。おれたちは敷地の外で待機だ』

一人で行かされるとは考えていなかったのだろう。『おれがですか？』と坂巻の納得いかなそうな声が聞こえた。

しばらくして、坂巻がパトカーを降りてくる。

縦列に停車した白バイの列を徒歩で追い抜き、園部家の敷地に入っていった。

ところが、母屋のほうに向かおうとして、元口に「そっちじゃないぞ」と声をかけられる。

こっちですか？　それともこっちですか？　という感じで離れと倉庫を順に指差し、元口に倉庫を顎でしゃくられると、しきりに首をひねりながら倉庫のほうに向かった。

プレハブの倉庫は間口が大きく、かなりの奥行きもある。出入り口のシャッターをおろしたわずかな隙間から、薄い光が漏れていた。

インターフォンか呼び鈴でも探しているのだろうか、坂巻はシャッター周辺をきょろきょろと見回し、結局はシャッターをこぶしで叩いた。

「こんばんは。夜分に恐れ入ります。神奈川県警ですが」

声をかけ、じっと中の物音に耳を澄ます。

やがて不安そうにこちらを見た。

「本当にこっちなんですか？　母屋じゃなくて？」

「母屋にはいない」

元口がかぶりを振った。

「でも、母屋に灯りが点いとりますけど」

坂巻が母屋を指差す。たしかに煌々と灯りがともった母屋からは、生活の匂いがする。

「そりゃそうだ。園部には両親と、小学生の妹がいるからな」

元口は当然のような口調だった。

「園部自身は、母屋におらんとですか」

「いない」

「なんでわかるとですか」

「いつもそうだからだ」

「でも今日は違うかもしれんですよね」

「違わない」

「どうしてですか」

元口は無言のまま、シャッターを顎でしゃくる。倉庫から光が漏れていると言いたいのだろう。

「でも……ぜんぜん反応がないとですけど」

坂巻は困惑した様子で、軽くしゃがみこんでシャッターの奥をうかがおうとする。当然ながら、そんなことをしても見えるはずがない。途方に暮れた表情をこちらに向けた。

「ちょっと、母屋のほうに行ってみますけん、誰か一緒に来てくれんですか」

「無理だ」

元口のかたくなな態度に、坂巻は少しむっとしたようだ。

「どうして」

「そんな暇はない」

元口がシートに座り直す。それを合図に、後ろに並ぶ梶、潤、木乃美も乗車姿勢を整え、身構えた。

「暇はないって、ちょっと降りてきてくれればいいだけやない――」

そのとき、耳をつんざくような空ぶかしの排気音が響き、坂巻が飛び上がった。

坂巻が倉庫を振り返る。排気音はシャッターの奥から聞こえていた。

マフラーに手を加えたのが明らかな爆音はすぐに二重奏、三重奏となり、ほどなく、全部で何台ぶんなのかわからないほどの轟音の壁になる。

「ここに来るといつもこうなんだ！　おとなしく捕まっちゃくれない！」

元口の絶叫は木乃美にはかろうじて聞き取れたが、坂巻には届かないらしい。しかめっ面で耳に手を添えている。

「なんですか？」

「ここに来るといつも――」

元口はおそらく同じ台詞を繰り返したはずだが、今度は木乃美にも途中までしか聞き取れなかった。

シャッターが開き始め、空ぶかしの多重奏がさらに音量を増したからだ。

無数のヘッドライトが暗闇を蛇行し、交差しながら道路に飛び出していく。ときおり直接目に飛び込む光に視力を奪われ、爆音に鼓膜を揺さぶられながら、木乃美はバイクを発進させた。スクランブル発進は慣れたものだ。スムーズなクラッチワークから、いっきにトップスピードへと移行する。

先行するA分隊の同僚たちに続いて、暴走集団を追跡する。

暴走集団の最後尾を走るバイクには、ロケットカウルに三段シートという、素人目にはベースとなった車種がわからないであろう改造が施されていた。まるで漫画に登場する宇宙船のような見た目だ。二人乗りしており、後ろに乗るスタッズの付いた黒マスクの男が、大きな旗を振り回している。旗は旭日旗のようなデザインで、中心に毛筆で大きく『闘雷舞』と書かれていた。

『交機六一から交機七八。どうだ。犯行に加わったと思しきメンバーの顔は確認できたか』

山羽が無線で訊ねてくる。

〈闘雷舞〉のメンバーが素直に話に応じるはずがないというのは、予想がついていた。いつものように倉庫から飛び出してくるだろうから、その瞬間に、七里ガ浜海岸駐車場殺人事件に関わったと思しきメンバーがいないか確認しろというのが、木乃美に与えられた任務だった。

「すみません。確認しようとしたんですが、眩しくてよく見えませんでした」

動体視力には自信があるが、逆光で視力を奪われてはどうしようもない。

『わかった。折りを見て確認してくれ』

「了解です」

木乃美は速度を上げた。

潤、梶、元口を順に追い抜き、先頭に出る。

それから前方に目を凝らした。

ディスカウントストアのカメラ映像から割り出した、事件に加わったと思しき〈闘雷舞〉のメンバーの身元は、すでに判明している。総長の劉公一（りゅうこういち）以下、水沼敦（みずぬまあつし）、岸丈太郎（きしじょうたろう）、大木真樹夫（おおきまきお）、淡口智（あわぐちさとし）、手島洋右介（てじまようすけ）の六人だ。もともと木乃美が知っている顔もいたし、そうでない者の顔は、分駐所を出る前にしっかり頭に叩き込んできた。

だが後ろ姿では、さすがに誰が誰だか判別できない。

暴走集団の横に付こうとする。

『待て！　焦るな！』

山羽の警告を聞きながら、木乃美は最後尾の三段シートのバイクを追い抜こうとしていた。

そのとき、三段シートの後ろに乗る黒マスクの男が、旗のポールで突いてきた。

「危なっ……」

慌ててハンドルを切って難を逃れる。

『大丈夫か？』

「なんとか」

速度を落として暴走集団から離れ、バランスを立て直した。ようやく恐怖に肉体が反応したかのように、背中が冷たくなる。

あのポールの直撃を食らっていたら、間違いなく転倒していた。黒マスクの男は、自分の行為が殺人未遂に近いことを理解しているのだろうか。たぶん理解していない。だからこそ恐ろしい。

『あの、旗をぶん回してる殿の黒マスク、やばいな』

山羽の言葉に、元口が反応する。

『ライダーのほうは草野ですね。旗振ってるタンデマーの黒マスクは、たしか——』

『趙』梶が言う。

『二人ともまだ十六、七で、怖いもの知らずのガキだ』

元口も梶もさすがだ。〈闘雷舞〉のメンバー構成を熟知している。

『私に任せてください』

そう言って前に出たのは、潤だった。

先ほど木乃美がやったように、右から草野のバイクを追い抜こうとする。

趙も木乃美にやったのと同じように、潤を旗のポールで突く。

しかし潤は、巧みなステアリング捌きで難なく攻撃をかわした。いつもながら、同じ車種を操っているとは思えない滑らかなライディングだ。

『さすが全国二位！』

元口が言っているのは、およそ三か月前に潤が出場した、全国白バイ安全運転競技大会での成績だった。年に一度、各都道府県警から腕自慢が集うその大会で、潤は女性の部・傾斜走行操縦競技で二位という好成績を収めた。今回の箱根駅伝復路で栄えある先導役に指名されたのは、その結果を受けてのことだ。

何度も突き出されるポールを、潤は軽やかにかわしていく。

趙は突きが当たらないと見るや、今度は野球のバットを振るようにして潤を殴ろうとし始めた。

木乃美はひやりとしたが、心配は無用だった。潤のかわし方は、最初から攻撃を予想しているかのようだった。

その後も草野のバイクの右についたり、左についたりしながら、趙を翻弄する。

するとふいに、趙の振り回していた旗の布の部分が、ライダーの草野にかぶさった。

視界を塞がれた草野は、転倒を免れるのに精一杯のようだ。

バランスを失った車体が、ぐらぐらと揺れる。

暴走集団が道幅の大きい緩やかな右カーブをなぞっていくのに対し、草野と趙の乗ったバイクは、二手に分かれるポイントを直進して細い道に進入する。それを追って、潤も細い道に入った。

『やった！　上手(うま)く引き離した！』

梶が興奮気味に叫ぶ。

『私はこのまま草野のバイクを追跡します。後はよろしくお願いします』

潤はあくまで冷静だ。

県道一八号線を南下していた暴走集団は、瀬谷中学校前の交差点を左折し、県道四〇一号線に入る。本来ならそろそろ交通量も増えてくるはずだが、新年を間近に控えた現在は、車通りもほとんどない。そのせいで暴走集団の走りは、いつにも増して大胆だった。上下一車線ずつの道路を、対向車線まで占領しながら進む。ときおりやってくる対向車のヘッドライトが見えても道を譲ることすらせず、クラクションを鳴らされると逆に大音量で威嚇(いかく)し、あわや正面衝突かと背筋が凍る場面が何度もあった。あまりの危険な運転に、百戦錬磨の白バイ隊員たちも集団に飛び込むことができず、ただ無益な追跡が続いた。

『交機七八からA分隊――』このままでは埒が明かない。木乃美は無線交信ボタンを押した。

『先回りして横方向から視認してみようと思います。集団が四〇一号線から外れないよう、誘導してもらっていいですか』

『そんなのお安い御用だけど、大丈夫かよ』と元口。

『大丈夫です。任せてください』

暴走集団は数え切れないほどの交通違反をおかしているものの、ギャラリーを意識しているのか、速度自体はそれほどでもない。先回りも可能なはずだ。

『わかった。行け』

山羽の許可がおりて、木乃美はA分隊から離れた。

三ツ境小学校前の交差点からかまくらみちへと入り、スロットルを全開にする。急激なGに肉体が反応して胃がきゅっと締まり、全身の産毛が逆立つ。肉体のキャパシティーを超えた加速に、本能が警報を鳴らしているのだ。だがスロットルは緩めない。

サイレンを吹鳴しながら住宅街を疾走した。瀬谷区から泉区に入ったあたりで全身を使って車体をバンクさせ、県道四〇一号線との合流地点へと急ぐ。

T字になった合流地点から左折で県道四〇一号線に進入し、北上する。順調に行けば、正面から先ほどの暴走集団が現れるはずだ。

念のために確認した。

『交機七八からA分隊。いまどのあたりですか』

山羽の声が応答する。

『交機六一から交機七八。マルタイはいま〈阿久和〉の交差点を通過。危うく左折しかけたが、元口と梶が上手いこと進路を塞いで誘導してくれた』

よし。大丈夫だ。

木乃美は速度を上げ、暴走集団を横方向から視認するのに最適な場所を探した。

やがて道路右手に農産物直売所を見つけた。プレハブの建物の前に、広い駐車場がある。

木乃美はバイクを駐車場に入れ、道路を真横から見られるように方向転換した。

すでに爆音とサイレンが迫っている。

木乃美は瞬きしてしまわないように眉間に力をこめ、じっと目を凝らした。

ほどなく、視界を右から左へ、改造バイクが次々と走り抜ける。その後、元口、梶のCB1300Pと山羽の白黒パトカーも続いた。

見えた――！

木乃美はバイクを発進させた。集団の最後尾につき、無線で報告する。

『交機七八からA分隊。いました！　大木真樹夫が！』

大木真樹夫は、七里ガ浜海岸駐車場殺人事件の犯行グループの一人とされる男だ。

『本当か？』

驚きの声を上げたのは、元口だ。

『はい！　集団の前から三番目ぐらいの位置で走っていた、カウルに龍の絵が描いてある赤いバイクです！　顔の下半分をバンダナのようなもので覆っています！』

間違いない。カメラ映像で見た大木真樹夫は怪我の痕だろうか、左の眉が一部途切れていた。先ほど通過した前から三台目のライダーの目もとも、まったく同じだった。

『ほかにはいなかったのか、七里ガ浜のホシは』

梶の声がする。

『いませんでした。あの六人のうち、暴走行為に加わっているのは大木だけです』

『間違いないんだな?』

『梶さん。本田の目が悪人を見逃したことなんか、これまでありましたか』

元口が言い、梶がややむっとしながら応える。

『いちおう確認しただけだ』

山羽の指示が飛んできた。

『よし。カウルに龍の描かれた赤いバイク。顔の下半分にバンダナ。ほかの連中は後日家庭訪問でもかまわないが、大木の身柄だけはなんとしてもいま、確保しろ』

『交機七二。了解』

『交機七三も了解です。おみくじの結果は吉ってところですかね』

梶と元口がそれぞれ応じる。

ふいに、潤の声が聞こえた。

『おめでとうございます』

一瞬の沈黙の後、元口が応じる。

『気が早くないか。大木を捕まえるのはこれからだぞ』

『そうじゃなくて……新年、です。新年あけましておめでとうございます』

潤はやや戸惑った様子で告げた。

「えっ……？」

木乃美は思わず声を上げた。

暴走族を追尾中に新年を迎えてしまうなんて。

『かぁっ……最悪。どんな年越しだよ』

元口が恨めしげな声を出す。

『おれたちらしいって言えば、らしいんじゃないか』

梶は自分に言い聞かせる口調だ。

潤は『今年もよろしくお願いします』と笑いながら言い、真面目な調子になって続けた。

『草野と趙の身柄は所轄署に引き渡したので、これからそちらの応援に向かいます』

さすが潤だ。仕事が早い。

ターゲットが大木真樹夫一人に絞られ、実質、A分隊五人対大木真樹夫という図式が成立した。個々のライディングテクニックでは白バイ隊が圧倒している以上、たった一人の逃走犯を取り逃がすことはありえない。あとはいかにして大木を追い詰めるかだが、それも時間の問題だ。ほどなく所轄やほかの分駐所の交機隊員が応援に駆けつけ、暴走集団の進路を塞ぐことになる。

『それじゃみんな、せっかく年も明けたことだし、でっかいお年玉を持って帰ろうじゃないか』

山羽の言葉に、元口が反応する。

『お年玉より、おみくじに喩えるほうがうまくないですか。当たるも八卦当たらぬも八卦』

『だから八卦は占いだって』

梶が律儀に訂正した。

『なんでもいいじゃないですか。とりあえず新年一発目の獲物は、おれがいただきます』

元口の白バイが加速する。

『おい！　少しは先輩を立てろよ』

梶も加速して追いかける。

年明けから相変わらずな先輩隊員たちのやり取りを聞きながら、木乃美はヘルメットの中で微笑んだ。

2nd GEAR

1

「うおーマジか。ここってもしかして、エレベーターないんじゃねえの」

木乃美の隣でバイクを降りながら、元口が眩(まぶ)しそうに細めた目で古びたコンクリートの箱を見上げる。

大晦日の追跡劇から一夜明けた元日の朝。

横浜市南区の高台にある団地だった。帰省している世帯が多い上に、まだ眠っている家庭も多いのだろう。全体的にひっそりとした印象だ。家々の物干しに洗濯物はなく、人影も見当たらない。

「まずは駐輪場見に行こうぜ。無駄足はごめんだ」

元口が両手で摑んだベルトをずり上げながら、敷地の隅にある屋根付きの駐輪場を顎でしゃくる。

横長の屋根の下には、自転車や小型スクーターが無造作に並んでいた。

木乃美はスマートフォンを取り出し、液晶画面に表を表示させた。〈闘雷舞〉メンバーの名前、住所、年齢、所有する車やバイクの車種やナンバーをまとめた一覧表だ。人差し指と親指で、その一部を拡大する。

南区〈し〉○△－○×

それは北田柊吾という男の所有する、小型スクーターのナンバーだった。

駐輪場の列からスクーターをピックアップし、液晶画面に表示された数字とナンバープレートを照合していく。

「ありました」

黒いスクーターのナンバープレートと、液晶画面の数字が一致した。カウルの側面に貼ってあるステッカーは日焼けして印刷が薄れているが、それでもかろうじて〈闘雷舞〉の文字が読み取れた。北田所有のスクーターで間違いない。

「あったのかよ」

元口が恨めしげに声をうならせる。

「あって欲しくなかったみたいな口ぶりですね」

「だって北田の家、五階だろ。五階まで階段は、徹夜明けの身体には堪えるぜ。まったくおみくじは吉どころか凶だ凶。大凶」

そう言って元口は大あくびをする。

昨夜の追跡劇で、A分隊は七人の〈闘雷舞〉メンバーを捕らえた。その中には七里ガ浜海岸駐車場殺人事件の犯行グループの一員と目される、大木真樹夫も含まれていた。

大木の身柄はすぐに捜査一課に引き渡され、坂巻と、坂巻の相棒であるベテラン刑事の峯によって取り調べが行われた。

大木は事件への関与をあっさり認めたらしい。ところが、劉に誘われて犯行に加担したものの、なぜ被害者を襲撃する必要があったのか、劉と被害者はどういう関係かなど、重要な部分についての情報はなに一つ知らされていなかったようだ。襲撃後、劉は犯行グループのメンバーに、各々しばらく身を隠すように指示を出し、自らの行く先も告げずに行方をくらませたという。つまり大木からは、劉はおろか、ほかの犯行メンバーの行方についての情報も期待できない。

大木は身を隠せという指示を無視し、〈闘雷舞〉のほかのメンバーが画策した元日暴走に参加しようとした。そこでまんまとA分隊に身柄を確保されたのだった。

「あいつ、すさまじい馬鹿だな。普通理由も知らされずに見ず知らずの人間を襲撃しようって言われて、なにも訊かずに加担するものかね。しかも人を殺した後で、元日暴走に加わるなんて」

元口が階段を一段いちだん踏み締めるようにのぼりながら、大木への呪詛を吐く。

たしかに木乃美も、大木を捕らえたことで芋づる式にとまではいかないものの、ほかのメンバーにつながる情報がえられると期待していた。まさか一からほかのメンバーの手がかりを探さないといけなくなるとは。

本来なら当直勤務明けの非番日だが、乗りかかった船だ。なんとしても箱根駅伝のスタートまでに犯人グループ全員の身柄を押さえろという、上層部から捜査一課への圧力もあるようで、坂巻たちも不眠不休で捜査を続けている。A分隊は通常業務を反対番の部隊に引き継ぎ、捜査に協力することになった。

いまは手分けして〈闘雷舞〉のメンバーをあたっている。木乃美は元口と、潤は梶とペアを組み、山羽だけは単独行動をしていた。

「ガイシャのほうの人間関係から、なにか有力な情報は挙がってないのかよ」

息を切らしながら、元口が振り向く。

「どうして私に訊くんですか」

「だっておまえ、坂巻と仲良いじゃん」

「だからってそんな重要な情報を、私だけに漏らすわけがありません」

ふうん、と適当な相槌に続き、元口がおもむろに訊いた。

「おまえらって、付き合ったりとかしないの」

「付き合う？」

誰が誰と？

「うん。お互いにフリーの期間も長いんだし、妥協するってこともあるんじゃないかって」

そこまで聞いて、ようやく元口の発言の意味が理解できた。

「ありえません！　妥協するにしても、なんで相手が部長なんですか！」

「ほかにあてがあるのか？」

さも当然のように訊き返され、言葉に詰まってしまう自分が悲しい。

「ププ、プライベートなことなので、こ、答えはひ、控えさせてもらいます」

しどろもどろになりながら言い終えたときには、元口はさっさと先に進んでいた。

興味ないんかい！

木乃美は内心でツッコみつつ追いかける。

「しかしなんで殺しちゃったんだろうな」

「え？」

「〈闘雷舞〉だよ」

首をかしげる木乃美に、元口が言う。

「だってほら、あいつらはたしかにどうしようもないアホの集まりではあったけど、これまで一般市民を巻き込むような暴力事件を起こしたことはなかった。それがどうしてあんなことを……」

元口は少し残念そうだった。

木乃美も同感だ。殺人事件の犯行グループとして捜査一課が行方を追っていると知ったとき、木乃美が抱いた感想は「あの子たちが？」だった。

ともあれ防犯カメラ映像を見る限り、犯行自体に疑いの余地はない。もしかしたらただの暴走族から半グレ集団へと移行する過渡期なのかもしれない。

それにしても、被害者との関係が謎だ。

被害者の佐古田克也は二十四歳。都内在住の建設会社社員だった。七里ガ浜海岸の駐車場にいたのは、実家のある静岡に車で帰省する途中で、休憩していたと思われる。佐古田の同僚からは、前日の深夜まで徹夜で麻雀(マージャン)を打っていたので、運転中に睡魔に襲われたのではないかという情報がえられたらしい。横浜の暴走族との接点などどこにもなさそうだし、実際に捜査一課の調べでも、佐古田と〈闘雷舞〉との接点は見つかっていないようだ。

五階に着いた。

メンバー一覧表に記載された住所によれば、北田の住まいは五〇三号室だ。

各部屋の扉にかけられた部屋番号のプレートを確認しながら歩いていると、外廊下奥の扉が開き、家族連れがぞろぞろと出てきた。

まず小学校高学年ぐらいのお団子頭の女の子がはしゃぎながら飛び出てきて、次に母親らしき女と、父親らしき男が出てくる。両親はともに四十歳手前ぐらいの雰囲気だ。続いて中学生ぐらいのふてくされた感じの少女が、スカジャンのポケットに両手を突っ込んで出てきて、最後にキャップを前後逆にかぶり、サングラスをかけたダウンジャケットの少年が現れた。

ダウンジャケットの少年は、廊下の先に立つ二人の白バイ隊員に気づき、あっという顔をした。

「あっ」と、木乃美も声に出した。

北田だ。

何度か取り締まったことがあるので、顔は覚えている。

元口が気安い感じで手を上げた。

「よっ。あけましておめでとう。今年もよろしくな。これから家族で初詣か。その前に、ちょっと話を聞かせてもらいたいんだけど、いいか」

すると北田は返事の代わりに背を向け、駆け出した。

「おい待て！」

木乃美と元口も後を追おうとするが、「駄目！」小さな子供が両手を広げて通せんぼする。

その間に、北田が奥の階段を駆けおりる。

「あっちだ！」

来た道を引き返すことにした。

階段を駆けおり、もうすぐ一階というところで、エンジンをかけようとするセルモーター音が聞こえてくる。

木乃美が駐車場に飛び出したとき、ちょうどエンジンがかかったようだ。ふと気づけば元口の姿が見えない。振り返ると、肩で息をしながら階段をおりてくるところだった。

「行け！　行け！」

追い払うように手を振られ、木乃美は地面を蹴った。

北田は駐輪場に前向き駐車したスクーターのハンドルを握って後退させ、方向転換しようとしている。

「待って！」

いちおう言ってみたが、従うはずもない。方向転換を終えた北田がアクセルをひねる。

スクーターが勢いよく走り出そうとしたとき、木乃美は北田にタックルした。

「おいっ。やめろっ」

よろめいた北田が片足を地面におろした。ところがアクセルは開きっぱなしだったのでスクーターは後輪を支点に立ち上がり、いわゆるウイリーのようなかたちになった。

北田は立ち上がったスクーターのハンドルを握ったまま、木乃美はその北田に抱きついた状態で、数メートル進む。やがてバランスを保てなくなり、スクーターを横に寝かせるように転倒した。

「てめえ、なにすんだ！　危ねえじゃねえか！」

北田が両手を振り回し、拘束から逃れようとする。

揉み合った拍子に北田のサングラスが外れたらしく、服装に似合わぬやけにつぶらな瞳が精一杯に睨みつけてくる。

「ノーヘルは駄目っ！」

「そういう問題かよっ！」

「とにかく駄目っ！」

木乃美は無我夢中で北田にしがみついた。だが男の腕力にはかなわない。ほどなく振り払われ、突き飛ばされた。

北田がスクーターを起こし、ふたたびシートをまたごうとする。

そこに元口が駆けつけた。走り出そうとする北田を引きずり下ろし、羽交い締めにする。

「なんなんだよ、てめえらは！　おれがなにしたってんだよ！」

「自分の胸に手をあてて考えてみろ」

一瞬静止した北田が虚空を見上げる。

「なんもねえよ！」

「なにもしてねえなら逃げる必要ないだろう」

「おまわりは嫌いなんだ！　吐き気がする！　正月早々見たくもねえツラ見せられたら、逃げたくもなるだろうが！」

「ほおっ。珍しく意見が合うな。正月早々見たくもないツラってのはお互いさまだ。おれもおまえのツラ見ると頭痛がするわ。さっさと済ませようぜ。七里ガ浜の事件は知ってるな？」

「知るか！」

　すると元口がどこかの関節を極めたらしい。突然、北田の顔が苦悶に歪む。

「痛たたたたたたたたた……」

「知ってるよな」

　低い恫喝口調で再確認すると、北田が細かく頷いた。

「知ってるけど、おれは関係ない。テレビであいつらが指名手配されてるってニュースが流れてて、それで初めて知ったんだ」

「本当か？」

　疑わしげに目を細めながら、元口がまた力を込めたらしい。北田が悲鳴を上げる。

「本当だよ」

「なんでおまえが知らない」

「最近、劉とは連絡とってないんだよ」

「なんで」

「もともとあいつにはついていけないと思ってたんだ。すぐにブチ切れて殴るし、キレどころもよくわかんないっつーか。ヤバいんだよ。だから最近はあまりつるまないようにしてた。連絡もシカトしてる。おれは〈闘雷舞〉から独立して、あいつと関係ない、新しいグループを作ろうとしてたんだ。だからあの事件のことなんて知らねえし、関係ないんだ」

「なんも知らねえってのか。ガイシャと劉の関係も、劉たちの潜伏先も」

「知るわけがねえだろ。知ってても教えね痛たたた！　痛い痛い！」

強がろうとしたが、元口に痛めつけられたようだ。

「知ってても教えない？　もしかしていまそう言ったか」

鋭い目つきで元口を見上げた眼差（まなざ）しから、すぐに反抗の意思が奪われる。

「い、言ってねえ」

「知ってたらどうする？」

どうするんだ、と元口の声に力がこもった。

「お、教えるよ……」

「口の利き方がなってないな。教えます、だろ」

元口の声が力む。北田が悲鳴を上げる。

「……教えます」

そういう北田の頬には、涙の筋が伝っていた。だんだんかわいそうになってくる。

「本当になにも知らないんだな。事件のあった日、おまえはなにやってた」

「家にいたよ」

「本当か」

「本当だよ。おふくろがおせち料理を作るのを、手伝ってたんだ」

「本当ですか。お母さん」

元口が顔を上げる。

その視線の先には、階段をおりてきた北田一家が、呆然(ぼうぜん)とした様子で立ち尽くしていた。

母親が魂を抜かれたような表情のまま、ゆっくりと頷く。

「ありがとうございます」

元口が笑顔で礼を言い、ふたたび北田に向かって目尻を吊(つ)り上げた。

「年末にはおせち料理作るのを手伝って、元日には家族揃って初詣。暴走族に入ってるってところ以外は孝行息子じゃないか。新しいグループ作るなんてほざいてないで、きっぱり足を洗え。おまえも来月には十八だろ。え？　いつまでもふらふらしてねえで、地道に働いて稼いだ金で両親を温泉にでも連れてってやれ」

そう言うと、元口は木乃美のほうを見た。

「本田。さっきおまえが見てたメンバーのリスト、あれ、こいつに見せてやってくれ」

「は、はい」

木乃美は二人に駆け寄り、スマートフォンで先ほどナンバー照会するときに使用した一覧表を開いた。

液晶画面を北田に向ける。

「この中から、いまでも劉とつるんでそうなやつの名前を教えろ。嘘ついたらわかってんだろうな。来年の正月は病院で迎えることになるかもしれないぞ」

気のせいか、元口の口調はやけに楽しそうだった。

2

バックミラーに映り込んだ歩行者との距離を無意識に測っているのに気づき、潤は我に返った。

明後日の箱根駅伝の先導ももちろん大事だが、いまは目の前の逃走犯検挙に集中しないと。

グリップを握り直して片足を地面におろし、目を閉じて聴覚を研ぎ澄ます。

一区画先の道路を通過する車のエンジン音が、まず耳に飛び込んできた。

いすゞエルフ、トヨタアルファード、マツダデミオ、日産ノート……。

元日で交通量が極端に少ないせいか、どれも速度超過気味なのは気になるが、わざわざ追跡して取り締まるほどの違反ではない。

さらに聴覚を鋭くし、遠くでかすかに聞こえる音を拾い上げた。縦横に走るエンジン音。その中から四輪は排除し、二輪に絞り込む。

左手の方角、およそ一〇〇メートル先、西の方向へと遠ざかるように時速およそ三〇キロで走行するバイクの排気音あり。

――これは違う。カワサキゼファー。

ならばその先、左斜め前の方角で、北西に向かって走行する排気音はどうだ。

全神経を聴覚に集中する。

ヨシムラ手曲げショートを模した、まがい物の直管を付けたスズキGS400。

間違いない。

もともと個性的なエンジン音である上に、マフラーをカスタムしているせいで、速度を落としていてもその存在を隠しようがない。

潤はにやりと不敵に微笑みながら、無線交信ボタンを押した。

『交機七四から交機七二。追跡中の車両はおそらく、松ケ丘（まつがおか）の住宅街を北西に走行中。三ツ沢下町（みつざわしもちょう）駅付近で、国道一号線に出ると思われます』

梶が応答する。

『交機七二から交機七四。了解。至急、三ツ沢下町駅に向かう』

潤もバイクを発進させ、三ツ沢下町駅方面へと向かった。

松ケ丘の住宅街を通過しながら、梶の弾んだ声が聞こえた。

『交機七二から交機七四。当たりだ。スズキGS400発見。川崎、おまえ相変わらずとんでもない耳してるな』

サイレンが聞こえ始める。梶が緊急走行で追跡を開始したようだ。

潤には排気音を聞いただけで、車種や速度を言い当てる特技があった。

ＧＳ４００と梶のＣＢ１３００Ｐの排気音は約五〇メートルの距離を保ったまま、およそ七〇キロの速度で国道一号線を東進する。見えてはいないが、映像は目に浮かんでいる。

よし――。

潤は国道一号線に出る手前で素早くＵターンし、音だけを頼りに追跡を開始した。ＧＳ４００を操っているのは、〈闘雷舞〉のメンバーである、熊谷真澄という少年だった。

元口と木乃美が北田柊吾から聞き出した情報によると、いくつかの派閥に分裂し始めた〈闘雷舞〉において、熊谷は現在でも劉に近しい存在だという。数日前から自宅に帰っていないらしかったが、熊谷と親しい〈闘雷舞〉メンバーの自宅を訪ね歩くと、三軒目に訪ねた戸田というメンバーの自宅のガレージに、熊谷の愛車である小型スクーターが止まっていた。

戸田は玄関先で、熊谷はいないと言い張った。それなのに、いないのなら部屋を見せてくれという梶の申し出をかたくなに拒んだ。

潤は玄関先の押し問答から距離を置きながら、ガレージのスクーターを見張っていた。戸田の様子からすると、十中八九、熊谷をかくまっている。熊谷は戸田の家のどこかに潜みながら、逃げ出す機会をうかがっているに違いない。

梶が戸田の制止を振り切って強引に上がり込もうとしたそのとき、家の裏手のほうからどすん、と大きな物音がした。

しまった。二階の窓から飛び降りたか。

潤は急いで戸田家の敷地を回り込んだ。

するとＧＳ４００に跨った熊谷が、いまにも発車しようとするところだった。ＧＳ４００は戸田の愛車だ。キーを渡していたらしい。

走り去る熊谷を一度は見失った潤と梶だったが、ＧＳ４００の排気音は簡単に捕捉できた。音を頼りに足跡をたどり、ほどなく熊谷の姿を発見したのだった。

国道一号線から泉町のＹ字路を南へ。

潤は音を頼りにＧＳ４００の行方を追い、住宅街をショートカットする。

おそらくこのあたりだろうというところでブレーキをかけ、待ちかまえた。

すると案の定、大通りから細い道へと右折で逃げ込もうとするＧＳ４００と遭遇した。

ライダーの熊谷はぎょっとした顔で引き返し、右折を中止して大通りへ逃げた。

潤はあえて熊谷を追わず、音を追って住宅街を走った。

そしてふたたび待ち伏せしていると、先ほどと同じように熊谷が現れ、まったく同じような反応をして逃げ出す。

その後も潤は熊谷の進路を予測し、先回りして待ち伏せすることを続けた。深追いはしない。ただ逃走は無駄だと理解させるだけだ。

何度か繰り返すうちに、熊谷も根負けしたらしい。保土ケ谷（ほどがや）駅付近を通過したあたりでふいに速度を緩め、停止した。

潤が表通りへ出ると、白バイを降りた梶が熊谷に駆け寄るところだった。

「待って待って。降参。もう逃げない」

梶にジャンパーの肩口を摑まれ、熊谷が両手を上げる。

その後、捜査一課に連絡すると、すぐに坂巻が駆け付けた。坂巻とペアを組むベテラン刑事の峯も一緒だ。

「――なるほど。ということは、きみは劉から犯行への参加を持ちかけられたものの、暴力は苦手だったために、断ったんだね」

峯が穏やかに頷く傍らで、坂巻が手帳にペンを走らせる。

　熊谷は気弱そうな上目遣いで頷いた。

「暴力が嫌だとはかっこ悪くて言えないから、用事があるって言い訳して断ったんだ。劉のやつからは、そんなもんキャンセルしろって言われたけど、どうしても外せない用事なんだって譲らなかった。あいつめちゃめちゃキレてたから、マジでヤバいことになりそうな雰囲気がぷんぷんしてたし。だからぜったいに行きたくなかった。それでもあいつ、おれが行かないってのに納得してないみたいで、もしかしたら当日家まで迎えに来るんじゃないかと怖くなって、戸田の家に避難してた」

「事件に関係しとらんなら、なんで逃げたとや」

　坂巻が手帳から顔を上げる。

「そりゃ逃げるよ。仲間を売るような真似はできない」

「なにが仲間か。おまえ自身も劉から逃げ回っとるやないか」

　坂巻があきれたように息をつき、熊谷はむっと唇を歪めた。

「それでも仲間は仲間だ」

「そんなこと――」

「坂巻」峯がもういいと手を上げる。

　それから峯は訊いた。

「劉からは、どういうふうに誘われたのかな？」

その質問に、熊谷は少し考える表情をした。

「どうしても許せないやつがいて、ボコるから一緒に来いって」

「なにが許せないのか、訊いたかい」

「いいや。どういうことなのか遠回しには訊いたんだけど、あんま言いたくなさそうだったから。しつこくしたらあいつ、キレるし。ただ、相当怒ってるみたいだった。あんなに怒っている劉は見たことがない。ガーッとキレて暴れるってことはよくあったんだけど、そういうときも、そんなに長い時間は続かないから」

「怒っているというのは、被害者の佐古田さんに対して、ということかな」

「そういうことだと思う。そいつのことは知らなかったけど、劉がボコってやるって言って仲間を集めて、その後あんな事件が起こったから」

「なるほど」

峯が証言を吟味するような顔になる。

するとおもむろに、熊谷が言った。

「その佐古田ってやつは、ボコられても仕方がないんだよ」

峯が興味深そうに訊く。

「どうしてそう思うんだい」

「劉がそう言ってたから」

無茶苦茶な理屈だ。そばで話を聞いていた潤と梶は互いの顔を見合わせた。

「なに言うとるか。被害者は亡くなっとるとやぞ」

坂巻が憤りを顕わにする。

「それは、それなりのことをしたからさ」

「命を取られるほどの『それなり』なんかあるか。だいたいおまえ、被害者のことも、被害者と劉の関係すらも知らんくせに、ようそんなこと言えるな」

「知らなくても劉があんだけキレるってことは、理由があるんだ。あいつはキレやすいけど、いつも筋だけは通すから」

「おまえな――」

熊谷に詰め寄ろうとする坂巻の肩を、峯が摑んだ。そのまま後ろに軽く押す。

「坂巻。ちょっと頭冷やしてこい」

「でも……」

「いいから」有無を言わさぬ口調で告げ、峯が質問を続ける。

「佐古田さんのことは、君自身はまったく知らなかった？」

「知らない。そんな名前、聞いたこともなかったし、ニュースで写真を見たけど、やっぱり知らない顔だった」

「劉が誰かと揉めていたという話は、聞いたことがないかな」

「つねに誰かに喧嘩を売りながら歩いてるようなやつだから、揉めていたって言えばいろんなやつと揉めていたんだろうけど、とくに誰かと……ってことになると、思い浮かばない」

坂巻が不満そうに口を尖らせながら、潤のほうに歩み寄ってきた。

「なんやあいつ。人の命をなんやて思うとるとか。劉は筋だけは通すて言うときながら、つねに喧嘩売りながら歩いとるなんて、言うとることがすでに矛盾しとるやないか」

そう言いながら、熊谷を横目で睨みつける。

「なんにしろ、あれはたいした情報を持っとらんたい。警察相手に嘘の供述ができるようなタマにも見えんしな」

「せっかく来ていただいたのに、あまりお役に立てなかったみたいですみません」

潤が首を折ると、坂巻は手をひらひらとさせた。

「いや。そもそもおれが頼んだことやけん。それに、無駄足を嫌っとったら捜査なんかできんけんな、呼んでくれて感謝しとる。元日からうちの捜査に協力させてすまん」

　坂巻が手刀を立てる。

「明日から箱根やけど、大丈夫か。川崎、先導するとやろ」

「ええ。そうですけど、私たちが警備を担当するのは明後日の復路だけですから大丈夫です。明日の往路は、反対番の隊がやるので」

「そうか。うちの捜査に協力したせいで、大事な先導の日に体調でも崩したら申し訳ないけんな」

　坂巻は少し安心したようだった。

「お気遣いありがとうございます。残念ながらそんなにヤワじゃありませんので、ご心配なく」

　二人で笑った。

「それにしても参ったな。大木以外の犯行グループの足取りがまったく摑めんどころか、ガイシャとの関係性すら見えてこん」

「熊谷の話を信じるならば、劉は被害者に対して相当強い恨みを持っていたようですね」

「そうなんだが、劉とガイシャをつなぐ線すら見えてこんようじゃ、動機を探りようもない」

「〈闘雷舞〉には分裂の兆候があったようです。被害者は劉と直接つながっていたのではなく、劉と対立する派閥の人間とつながっていたとは、考えられないでしょうか」

対抗勢力の協力者を殺害したというパターンだ。

「その線も当たってはみてるんだが」

ううん、と難しそうな唸(うな)りが挟まる。

「劉にしろ、劉と対立するメンバーにしろ、ガイシャと暴走族メンバーの接点がまったく想像つかん。ガイシャはサーフィンが趣味で、週末になると湘南(しょうなん)エリアに通ってきていたようだから、神奈川に縁がなかったというわけでもないが、湘南でサーフィンしとるからというて、普通暴走族とかかわるようなことはないやろう。かかわるどころかむしろ、ガイシャは暴走族を忌み嫌っとったようだ。前に砂浜で騒いどった暴走族を注意して、殴り合いの喧嘩になりかけたこともあったと、サーフィン仲間が言うとった」

「そのときの遺恨(いこん)がきっかけという可能性は？」

潤が言い終わる前から、坂巻はかぶりを振っていた。ガイシャは正義感の強い人物だったので、最近も似たような鍔迫り合いを起こして、新たな火種を抱えとったという可能性もないではないが、それにしても、その程度であの残忍な犯行はいくらなんでもやりすぎだ」

たしかにそうだ。騒いでいるのを注意されたことを恨みに持って、あれだけの暴行を加えるとは考えにくい。ましてや、犯行グループは劉の呼びかけに応じ、事前に凶器を調達して犯行に及んでいる。計画的な犯行だったのだ。

「だけど、マトモな人間の物差しで連中をはかることもできないんじゃないか。それこそなんも後ろめたいことがないのに、警察の姿を見ただけで脊髄反射的に逃げ回って結果的に交通違反を犯すような、浅慮を絵に描いたようなバカの集まりだぜ、暴走族ってのは」

梶があきれたように熊谷を見やりながら、会話に加わってきた。

「おっしゃる通り、連中の行動原理は常識に照らしてどうこう言えるもんじゃないのかもしれません。犯行動機は、もしかしたら普通の人間には理解できんほど些細なことかもしれん。ただその些細なことにつながりそうな糸口すら、ガイシャ周辺には見当たらんのが現状ですけんね。そうなると、逃亡中の犯行グループをとっ捕まえて全部聞きだすのが一番なんでしょうが……」

坂巻が言いよどみ、梶が腕組みをする。

「連中がどこに消えたのか、見当もつかないってわけか。困ったもんだな」

峯と熊谷の会話が断片的に聞こえる。峯が犯行グループの潜伏先を訊ねたのだろう。熊谷が「園部の家」と言うのが聞こえ、峯からの二言三言を挟んで、熊谷が「そこにいないのなら自分にはわからない」と返していた。

その言葉に反応して、梶がすとんと肩を落とす。そして「おみくじは凶だったな」と元口のようなことを口走った。

そのとき、近くの路上に駐車していた二台の白バイが同時に注意喚起音を発した。

山羽の声だ。

『交機七一から神奈川本部。現在、職務質問を拒み、逃走したバイクを追跡中。逃走車両は赤のホンダCBX400F。ナンバーは視認できず。鴨池(かもいけ)公園前を通過し、東急田園都市線の江田(えだ)駅方面に向かって走行中。応援を願いたい――』

「行くぞ」

二人はバイクまで駆け戻り、シートに跨る。

通信はまだ途切れていなかった。続報が聞こえてくる。

『なお、逃走車両のライダーは七里ガ浜海岸駐車場殺人事件の犯行グループの一人として手配中の水沼敦と思われる。以上』

潤と梶は互いの顔を見合わせた。

3

「あー畜生、マジでしくじったわー」

元口が天を仰ぎ、何度目かわからない長い息をつく。

先ほどの逮捕劇に加われなかったのが、よほど悔しいらしい。

「すみませんでした」

「いや別に。本田が謝ることじゃないんだけどさ」

元口はそう言うが、あれはどう考えても私のせいだ。

水沼敦発見の一報を受ける直前まで、木乃美たちは東急田園都市線江田駅近くにいた。そのまま待ち伏せていれば、山羽に追われた水沼が向こうからやってきただろう絶好のポイントだった。

ところが実際には、梶・潤組の後塵を拝することになった。

木乃美が催してしまい、トイレを借りるために近所の交番まで移動したためだ。慌てて交番を出て、先ほどまでいた場所まで引き返したが、水沼はすでにそこを通過した後だった。その後も山羽からの無線情報をもとに懸命に後を追ったが、ようやく赤のホンダCBX400Fの姿を捕捉したときには、すでに水沼は山羽、潤、梶に取り囲まれていた。

――遅かったじゃないか。雑煮でも食ってたのか。

梶ににやりと唇の端を吊り上げられ、元口は悔しそうに地団駄を踏んでいた。

木乃美たちがいるのは、横浜市営地下鉄センター北駅ロータリーに面した交番だった。白バイを交番の脇に止め、食事休憩を取らせてもらっているのだ。

木乃美はバツの悪い思いで弁当箱から箸でシウマイを持ち上げた。罪の意識で食事も喉を通らないと言いたいところだが、食欲だけはまったく衰える気配がないのが困ったところだ。

これは私のせいじゃない。

崎陽軒のシウマイが美味し過ぎるのがいけないんだ。

おまえが悪い――。

そうやって頭の中で理不尽な言いがかりをつけながらシウマイを睨みつけていると、奥から盆を持った制服警官がやってきた。

「すいません、お待たせしました。お茶がないとお弁当食べられませんね」

そう言って元口と木乃美の前のデスクに、湯気の立つ湯呑みを並べる。

「そんなことはありません。お気遣いなく。お弁当を用意してくださっただけでじゅうぶんですから」

元口が手刀を立て、木乃美も頭を下げた。

両手で湯呑みを包み込む。じんわりと温かくて、あまりの心地よさにとろけそうになる。

「そういうわけにはいきません。考えうる最高のおもてなしをしないと、谷原さんに叱られてしまいます」

足が悪いもので失礼しますねと言い、制服警官は丸椅子に腰をおろした。

いかにも人の好さそうな笑顔が印象的なこの男は、松本といった。明後日の箱根駅伝復路で潤とともに先導役をつとめる谷原に世話になった、元交通機動隊員らしい。最初に松本に会ったとき、せいぜい山羽と同じぐらいの年代にしか見えないのに、なぜ早々に交通機動隊を引退したのかと疑問に思ったが、足を引きずる姿を見て合点がいった。おそらく松本は、もうバイクには乗れないのだろう。

白バイ隊員は通常、弁当などをサイドボックスに収納しておき、近隣の警察署か交番に立ち寄って食事する。ところが今日は、本来なら当直勤務明けの非番日だ。そのため食事の用意がまったくなかった。だからといって、スーパーやコンビニに白バイで乗りつけるわけにもいかない。

朝から一切の食事も摂らずに走り回るうちに、やがて陽がかたむいてきた。そろそろ空腹も限界だ。いったん分駐所に引き返そうかと話をしていたとき、谷原から電話がかかってきた。坂巻と同じ湊警察署に勤務しているため、A分隊の動きが谷原の耳にも届いたらしい。現在の居場所を訊かれたので答えると、近くにかわいがっている後輩の勤務する交番があるのでそこで食事をすればいいと、松本に連絡を取ってくれたのだった。A分隊のほかの隊員にも、同じように食事を手配してくれたようだ。

「谷原さんさまさまだ」

元口が拝む仕草をして、湯呑みを持ち上げる。

木乃美も頷いた。

「谷原さんってすごく顔が広いし、慕われてますよね」

「そうですね。私にとって谷原さんは親父みたいな存在です。同じように思っている同僚は、県警にたくさんいると思います」

松本がにっこりと笑う。

「そうだよな。そうでなきゃ、とっくに現場を離れているのに箱根の先導役に選任されるなんてこと、ありえないよな」

元口の言葉に、松本は笑みを深くした。

「白バイ隊員は、自分こそが一番の単車乗りだと思っているような人種ですからね。本当はその年の安全運転競技大会で優秀な成績を残したやつが先導の栄誉に与れるはずなのに、とっくに引退した人が選任されて納得はしませんよ、普通はね」

自分のことのように誇らしげな口調から、いまでも谷原を強く慕っているのが伝わってくる。

「だけど普通じゃないことが起こった。本来なら先導役を任されるはずだった連中が、こぞって谷原さんを推薦した」

あらためて感心したというふうに、元口が腕組みをする。

「谷原さんじゃなきゃありえないし、もしも谷原さん以外の人がそういうかたちで選任されたら、今回みたいに満場一致というわけにはいかなかったでしょうね」

「私はそれほど深く接したわけではありませんけど、たしかにやさしくてすごく良い人ですね」

木乃美の発言に、元口が付け加えた。

「それにライディングもかなりのものだった。あれで、現役を退いてからもう十年近く経ってるんでしたっけ？」

「そう……ですね」松本が記憶を辿る表情をする。

「ちょうどそれぐらいだと思います」

すると元口が感嘆の息を漏らした。

「それはすごい。とても十年のブランクがあったとは思えない。川崎とけっこうタメ張ってたよな」

「はい」

潤との訓練の様子を見たが、どちらが現役白バイ隊員かわからないほどだった。本人は「リハビリ」などと言って謙遜していたが、とんでもない。すぐに現場に戻っても、谷原以上のライディングができる隊員は多くないのではないか。

「そうですか。それなら明後日の本番も安心だ。久しぶりに乗る白バイは不安だって珍しく弱音を漏らしていたんで、実は少しだけ心配してたんですよ」

松本が安心したように笑う。

「ぜんぜん心配なんていらないと思いますよ。いまであれなら、現役バリバリのときはどんだけすごかったんだって。なあ」

元口が木乃美を見る。

「谷原さんは、どんな白バイ隊員だったんですか」

木乃美は訊いた。

「そうですねえ。ライテクはもちろんのこと、違反者を説得する話術もすぐれていました。あの人の取り締まりを見ていると、交通違反取り締まりという業務がとても簡単に思えてくるんです。でも、いざ自分がやってみると、違反者の抵抗にあってなかなかすんなりと青切符を交付することができない」

「それ、すごくよくわかります」

木乃美は大きく頷いた。

取り締まりにおいてもっとも重要なのはバイクを運転する技術ではなく、違反者を説得する話術だ。木乃美も最近では少し上達してきたと思うが、それでもたまに厄介な違反者の抵抗にあい、一件の取り締まりに三十分近く要してしまう。

「あんだけ慕われてるってことは、成績もダントツだったんじゃないですか」

猫舌なのか、元口はおそるおそる湯呑みに口をつけている。

「いや。そんなことはないです。取り締まりの件数は、ノルマをギリギリ上回るぐらいだったんじゃないかな」

「そうなんですか」

木乃美は目を丸くした。

意外だった。すぐれたライディングテクニックと話術を持っていながら、ノルマをギリギリ上回る程度の成績だなんて。自分とあまり変わらない。

「もっとも、伸ばそうと思えばいくらでも伸ばせたんでしょうけど。あの人、説諭で済ませることが多かったんです。自分は数字のために取り締まりをしているんじゃなく、不幸な交通事故を減らすために取り締まりをしているんだ、と言い張ってね。だから、素直に反省している相手には説諭で済ませ、青切符を交付しないと反省しなさそうな違反者だけに、切符を切っていたんです」

いまさらながらあきれる、といった感じに、松本が肩をすくめる。

心の底から交通安全を祈って仕事に取り組んでいたからこその、あの人望なのか。できれば自分も見習いたいと思うが、現段階ではとても無理だ。違反者を見逃していたらノルマを大きく割り込んでしまい、A分隊全員に迷惑をかけることになる。

ノルマは個人でなく隊全体にかけられており、それらを人数で割って個人のノルマとしているため、個人が責められるだけでは済まないのだ。

「私は二十代でクモ膜下出血をやりまして、結局二年ほどしか白バイに乗れなかったんですが、そんな私のことを谷原さんはいまでも気にかけてくださいます。あの人は誰にでも、どこまでもやさしい人なんです。だからみんなに慕われているし、退職前にあのときのやり直しをさせてあげよう、という話にもなったんでしょう」

「あのときの？」

元口と木乃美は互いの顔を見合わせた。

「あれ？　もしかしてご存じなかったんですか」

松本が意外そうな顔をする。

「谷原さんって、一度箱根の先導に選ばれたことがあったんですよ。だけど娘さんを交通事故で亡くされて、そのときは辞退されたようなんです。まだ四歳だったというから、かわいい盛りですよね」

周囲が谷原に最後の花道を飾らせてやろうとするのには、そういう事情があったのか。

もちろん、人格や仕事に取り組む姿勢、ライディングテクニックがすぐれているからこその選任なのだろうが、いろいろと腑（ふ）に落ちる部分があった。

「そういうこと……か」

木乃美の呟（つぶや）きに、元口が反応する。

「そういうことって、どういうことだ」

「ほら、ビニールテープを使った特訓」

しばらく考える表情をしていた元口だったが、ピンときたらしい。

「ああ。あれか。たしかに」

谷原は十二月に入ったころからみなとみらい分駐所に通い、潤とともに先導の訓練を重ねてきた。

訓練の内容は、バックミラーの上下の部分をビニールテープで隠し、ランナーがちょうどビニールテープの間に収まるように走る、というものだ。こうすることによって、ランナーと等間隔を保つことができる。これが意外と難しいらしい。ただでさえ低速走行を安定させるのは難しい上に、ランナーは一定の速度を保ってくれるとは限らない。そのため、絶えず背後に気を配る必要がある。だが背後だけに気を配っていては、前方不注意に陥る。あの潤でも最初は四苦八苦していたのだから、見た目以上に難しいのだろう。

ところが谷原は、最初からすんなりとこなしていた。

その話をすると、松本は笑った。

「そりゃそうでしょう。谷原さんにとって、その訓練は初めてじゃなかったんですから。娘さんが事故に遭ったのは、箱根駅伝に向けて特訓を重ねていた矢先だったそうです。娘さんにかっこいい姿を見せるんだと張り切っておられたそうですから、谷原さんの悲しみは察するに余りあります。私も小学生の息子がいますので、その話を聞いたときには、胸が張り裂けそうな気持ちになりました」

そこまで言うと、松本はおもむろに頭を下げた。

「今回の箱根は、私みたいな連中にとって、谷原さんへのはなむけなんです。箱根の先導をしっかりつとめてもらって、心残りをなくしてあげたい。だからあの人をよろしくお願いします」

4

手配中の〈闘雷舞〉メンバー、手島洋右介らしき人物を新横浜駅近くの路上で発見という報せ(しら)が入ったのは、食事を終えた木乃美と元口がセンター北交番を出て、港北ニュータウンを南に走っているときのことだった。

警ら中の地域課員がそれらしき男を発見し、話しかけようとしたところ、警察の目を避けるように背を向けて歩き出し、やがて人混みに紛れるようにして走り出したという。その後男は信号待ちのために停車していたバイクを奪って逃走したという話だった。

『今度こそおれらの手で捕まえるぞ』

無線を受けた時点から、元口の鼻息は荒い。

『悪いな。またおれたちの手柄にさせてもらうぞ』

すかさず梶が挑発してくる。

逃走中の車種は青のヤマハWR250R。菅田町付近の県道一三号線を南西に向かっているようだ。木乃美・元口組は北から、梶・潤組は南から、逃走車両に迫っていた。このまま逃走車両が方向転換しなければ、二組ともおよそ五分で逃走車両を捕捉できる計算になる。

木乃美と元口の二台のCB1300Pは、元日の閑散とした道路を疾走する。

もうすぐで県道一三号線だ。このままいけば梶・潤組に先んじて逃走車両を捉えられる。

そのときだった。

木乃美はふいに急ブレーキをかけた。ききぃっと甲高い音が響き、アスファルトと擦れたタイヤから白煙が立ちのぼる。

ふたたびスロットルを開いた。

すぐに逆操舵をかけ、右にハンドルをフルロック。シートの左端に座りながら、思い切り車体を右に倒し込み、バイクをUターンさせる。

元口はすでに数十メートル先に進んでいる。

『どうした本田！』

『さっきの交差点で、逃走車両を見かけました。一三号線を外れたようです』

交差点を通過するとき、一つ先の交差点を、左折していく青いバイクを見た。

『本当に手島だろうな』

『ノーヘルでした』

そう。ただの青いバイクでなかった。交差点で見かけたバイクは、ライダーがヘルメットをかぶっていなかったのだ。

『わかった。おれも行く』

背後で元口のバイクが小道路旋回する音を聞きながら、木乃美は先ほど通過した交差点に進入する。

県道一三号線を横断し、住宅街に入る。

ほどなく、ノーヘルの青いバイクの後ろ姿を捉えた。

『交機七八から神奈川本部。逃走車両を発見しました。横国大(よここくだい)近くの路上を西に向かって走行中。応援願いたい』

すぐに梶から応答がある。

『交機七二から交機七八。そっち行っちゃったか。了解。急行する』

『交機七三から交機七二。来てもいいけど邪魔だけはしないでくださいよ』

元口は相変わらずの減らず口だ。

『後で助けてくださいって泣きついてくるなよ』

青いバイクの背中が近づいてくる。見るからに運動性能の高そうなオフロードバイクだ。

ノーヘルのライダーはドレッドヘアの特徴的なシルエット。何度か取り締まりで遭遇した手島の面影と一致する。

木乃美は拡声ボタンで呼びかけた。

「青いバイク、止まりなさい。手島洋右介。逃げても無駄よ。身元はわかっている」

ドレッドヘアが顔を横に向け、ちらりとこちらを振り向く。

間違いない。手島だ。

手島はにやりと口角を吊り上げると、腰を浮かせ、ジーンズの尻をぽんぽんと叩いて挑発してきた。止まる気はないらしい。

『あんにゃろ！　調子こきやがって！』

まんまと挑発に乗った元口が、せっつくように背後から木乃美との距離を詰めてくる。

木乃美も速度を上げ、手島に迫った。

手島が急ブレーキで前輪を持ち上げ、方向転換をする。

だがその程度のフェイントには騙されない。

木乃美たちもついていく。

あたりは住宅密集地だ。道は狭く、歩道と車道も分かれていない。人通りが少ないとはいえ、皆無でもない。

これ以上の追跡は危険か。

木乃美がそう思ってアクセルを緩めかけた、そのときだった。

前方に横浜国立大学の門があった。

正月ということもあってか、鉄製の門扉は閉められている。

ふいに速度を緩めた手島が、バイクの前輪を持ち上げる。

門扉を飛び越える気か？

だが身軽なオフロードバイクとはいえ、さすがにそれは無理だろう。

と、思って木乃美が油断した瞬間、ＷＲ２５０Ｒは門扉の右側に突進した。

「あっ！」と思わず声が漏れる。

門扉の左右は土が盛られた土塁(どるい)のようになっており、常緑樹の集まる林が、目隠しの役割を果たしていた。重装備のＣＢ１３００Ｐでは到底進入できないが、オフロードバイクならあるいは可能か。

はたして手島のバイクは門扉の脇をすり抜けるようにして土塁を乗り越え、大学の敷地内に侵入した。

いったん停止してこちらを振り返った手島が、あかんべーをして走り去る。

『くっそ！　馬鹿にしやがって！』

元口が無線越しに悪態をつく。

その後も二人はしばらく手島を追いかけるように敷地の外周を走っていたが、やがて木々の隙間からわずかに覗いていたWR250Rの姿を見失った。

これでは手島が広いキャンパスのどこにいるのか、どこから出てくるのか見当もつかない。

『どうした？』

梶の声が聞こえる。

元口が事情を説明すると、潤が応じた。

『私たちはいまちょうど横国大のキャンパスの東側にいます。なぜキャンパスの方角からWR250Rの排気音が聞こえてくるのかと思っていたら、そういうことだったんですね』

『やつの居所がわかるか』

元口の声には期待が満ちている。

『ほらな。後で泣きついてくるなって言っただろう』

梶はやたらと嬉しそうだ。

潤が言う。

『わかります。こっちに向かっているようですが……あ、いまUターンしました』

木乃美と元口は、潤の指示に従ってキャンパスの外周を移動した。手島はいくつかある出入り口のどこから出ようか考えているらしく、慌ただしく方向転換を繰り返しているようだ。

やがて出口を定めたらしい。

ある方向に向かって真っ直ぐに進む。

その方向とは——。

「さっき入ったところから出るつもりみたいですね」

木乃美はスロットルを開きながら言った。

『裏をかいたつもりか！　ガキが大人をだまくらかそうなんて十年早いんだ！』

得意げな元口に、梶が言う。

『なに言ってんだ。おれたちのおかげだろう』

『なに言ってんすか、梶さん。梶さんじゃなくて川崎のおかげです！』

先ほど手島が侵入した門扉が見えてくる。

ほぼ同時に、飛び出してくるオフロードバイクが見えた。

着地した手島が白バイの接近に気づき、ぎょっとしている。

「手島！　逃げても無駄だ！　諦めろ！」

元口が拡声で呼びかける。

だが手島は無視して走り出した。

「いい加減にしろや……」

拡声を切るのを忘れたらしく、元口の愚痴が大音量で流れる。

住宅街を抜けて大池道路に入った手島が、南に向かって走る。

と思いきや、すぐに右折して消えた。

元口と木乃美もそれを追って右折する。

そこは軽自動車でも進入できないほどの、細い小路だった。

『あの野郎。どこに行くつもりだ』

前を走る元口は首をひねりながらも、左右の建物に接触しないように必死な様子だ。

急な下り坂を、WR250Rは速度を緩めることもなく進む。

パワーでは断然勝るCB1300Pだが、サイドボックスで横に広がっているぶん、狭隘路では不利になる。ときおり、かさっ、かさっ、と道の脇に生えた雑草がサイドボックスを擦り、そのたびに胃が持ち上がるような感覚に襲われた。

四メートル道路に出て、ようやく全身に血が通い始めた気がした。

『早いとこと捕まえたほうがいいな。あいつ、ここらへんの地理を知り尽くしてやがる』

そう言って、元口が速度を上げる。

手島のバイクが路地を左折する。

それを追って、元口も左折した。

木乃美も続こうとしたが、突然元口のバイクが目の前に現れ、急ブレーキをかける。

元口は停車していた。

元口が身体を前傾させながら覗き込む先には、またも急な坂道が続いている。

いや、坂道ではない。

階段だ。

WR250Rはオフロードバイクの運動性能を生かし、階段を悠々と下っている。

一か八か、階段を下ろうかという姿勢を見せた元口だったが、さすがに無理だと判断したらしく、引き返すぞと目顔で指示をする。

そのとき、階段に面した家屋から住人らしき老婦人が出てきた。

「すみません。この階段はどこに続いているか、教えていただけますか」

元口がシールドを上げ、階段を指差す。

「そこですか。そこの道はいったん上星川幼稚園の前に出て、しばらく進むとまた階段になって、上星川駅前に出ますけど。釜台つづら坂っていう、駅前まで続く長い階段があるんです」

老婦人は元口の気迫に圧倒されたように、早口で答えた。

「ありがとうございます」

元口が木乃美を振り向いた。

「おれは上星川幼稚園に向かう。おまえは上星川駅前だ。いったん大池道路に出て大きく迂回すれば、速度が出せるぶん先回りできるだろう」

「わかりました」

元口に続いて発進した。

上星川幼稚園の方向に向かう元口と別れ、大池道路に向かう。

大池道路に出ると、スロットルをいっぱいに開いて速度を上げた。このまま八王子街道に出て引き返すかたちで三〇〇メートルほど走れば、相鉄本線の上星川駅前だ。

元口から連絡が入る。

『交機七三から交機七八。すまん！　間に合わなかった！　手島は釜台つづら坂に入った！』

『交機七八から交機七三。了解です』

『頼んだぞ！』

もう自分しかいない。

私がしくじれば、殺人犯を取り逃がすことになる。

ふんと鼻息を吐き、右折で八王子街道に進入しようとした、そのときだった。

八王子街道を右方向からトラックが走ってくるのが見えた。

木乃美がサイレンを吹鳴させているのに、どこか遠くで聞こえているぐらいにしか捉えていないのか、まったく速度を緩める気配がない。

運転席のドライバーは、手にしたスマートフォンの画面に見入っているようだ。

まずい――――！

木乃美はとっさにステアリングを左に切り、トラックと同じ車線に進入し、トラックの前に出た。

「そこのトラック！　スマホ！」

拡声で背後に呼びかけると、ようやく気づいたらしい。トラックが速度を緩める。

木乃美は小道路旋回でＵターンし、上星川駅へと急いだ。

とんだタイムロスだ。

階段でショートカットしてくる手島を先回りできるだろうか。

スロットルを全開にして緩やかな右カーブを通過したとき、前方右手、歩道橋の下あたりの歩道に、白バイが停車しているのに気づいた。

ライダーは、山羽だ。

バイクから降りた山羽は、右側のコンクリートの壁の中に消えた。

木乃美は歩道橋の下まで走り、ブレーキをかけて地面に片足をつく。

山羽の止めたバイクの横から、階段が伸びていた。そこが釜台つづら坂の終点らしい。山羽の白バイは、階段の出入り口を塞いでいたようだ。

階段を少しのぼったところにＷＲ２５０Ｒが立ち往生しており、それに跨ったドレッドヘアの男の肩を、山羽が摑んでいた。

追いかけてきた元口が、木乃美の後ろにバイクを止め、ヘルメットのシールドを跳ね上げる。

「なんだよ。また美味しいところ持ってかれちまったのか」

そう言って悔しそうに顔をしかめた。

3rd GEAR

1

一月二日。午前八時過ぎ。

中区日ノ出町の住宅街に、スーツ姿の二人の男が立っていた。

坂巻と峯だ。

白バイの接近に気づいた坂巻が、おぅいこっちという感じに手を振る。

木乃美は速度を緩め、CB1300Pを道路の端に寄せた。

「すまんな、朝早うから」

坂巻が手刀を立て、峯が「おはよう」と目尻に皺を寄せる。

「おはようございます」

木乃美は峯に挨拶を返し、坂巻に言った。

「ぜんぜんかまわないけど。ここなの？　劉の交際相手のマンションって」

やや古びた三階建ての鉄筋コンクリートを見上げる。

「そうたい。手島から聞き出した。則本亜里沙（のりもとありさ）。十九歳。職業はフリーターということになっとるが、あまり長続きせんタチらしかな。年末までバイトしとったガソリンスタンドを無断欠勤して、そのまま辞めとるようだ。さっき確認してみたら電気メーターは回っとるし、部屋の中からうっすらテレビの音声も聞こえる。おそらく在宅しとるはずや」

そういえば、と坂巻が唐突に言った。

「さっき大手町（おおてまち）をスタートしたとやな、箱根」

その通りだ。今日は箱根駅伝往路の開催日。先導・警備にはA分隊とは反対番の部隊がつく。

だが、なぜいまその話を？　と首をかしげると、坂巻が言った。

「部屋の中から聞こえてきたテレビ音声というのが、箱根の中継みたいやったけんさ」

そういうことか。

坂巻から電話があったのは、つい三十分ほど前、慣熟走行を終えて、そろそろ分駐所を出ようとしているころだった。昨晩、大捕り物の末に捕らえた手島洋右介は、なにか有力な情報を握っているようだが、かたくなに口を閉ざして黙秘を貫いているという。だが携帯メールのやりとりから、『亜里沙』という女性の存在が浮かび上がった。そのことを手島に突きつけると、劉の交際相手だと渋々認めたらしい。

「本当は手島の胸ぐらを摑んで、力ずくで吐かせてやりたいところやけどな」

坂巻が不本意そうに顔をしかめる。

「で、なんで私が?」

木乃美が自分を指差すと、坂巻が肩をすくめた。

「日ごろから〈闘雷舞〉を取り締まっとるけん、連中のことはようわかっとるやろうし、相手は女やけん、おれたちじゃ踏み込めん部分もある。おまえはいちおう女やけん、その点便利たい」

「いちおう、は余計だけど」

むすっと唇をへの字にしたが、坂巻の言いたいことは理解できた。

A分隊で坂巻の求める条件に合致するのは、木乃美と潤の二人だ。そこであえて木乃美を指名したのは、箱根駅伝の先導という大役を明日に控えた潤への配慮からだろうし、木乃美のほうが、初対面の女性に警戒されにくいだろうという目算も、もしかしたらあるのかもしれない。

「おまえ、こんなかわいらしいお嬢さんにたいして失礼なことを言うな」

峯が坂巻の頭を叩く。

「痛っ。でも峯さん――」

坂巻が頭を押さえながら、珍しく弱々しい目つきになる。

「デモもストライキもあるか。そんなに口が悪いから、いい年をして嫁のなり手もいないんだろう」

「おれは結婚できんとやなくて、結婚しないだけですよ。誰かの物になりたくないとです」

「そんな台詞はおまえみたいな不細工が吐いても説得力ないんだ」

「不細工かどうかは、人それぞれじゃないですかね」

「だけどハゲとデブは間違いない」

「そんなはっきり言わんでも……」

少しずつ背中を丸めていく坂巻の姿に、木乃美は溜飲の下がる思いだった。

三階まで階段でのぼり、則本亜里沙の部屋の前に立つ。

坂巻の言った通り、電気メーターは勢いよく回転しており、耳を澄ませば、うっすらとテレビ音声のような物音も聞こえる。

『――まもなく一区から二区へと襷が渡ります。団子状態から抜け出したのは駒沢、東洋、早稲田の三校。五メートルほど離れて順天堂、日体大――』

たしかに箱根駅伝の中継らしい。いよいよ明日は自分たちの番かと思うと、木乃美は全身がぶるりと震えた。

坂巻がインターフォンの呼び出しボタンに伸ばした指を直前で止め、峯と木乃美を振り返る。二人が頷くのを待って、呼び出しボタンを押した。

応答はない。

その後も間を置きながら三回呼び出しボタンを押してみたが、やはり無反応だった。

坂巻が首をかしげながらこぶしで扉をノックしようとしたとき、インターフォンのスピーカーから声がした。

「誰……？」

猜疑心を顕わにした、ややハスキーな女の声だ。

「おはようございます。神奈川県警の者ですが」

坂巻が愛想よく言った。

「なに？」

「ちょっと出てきて、お話うかがえませんでしょうか」

「いま忙しいから」

やや困惑した様子でこちらをちらりと振り返った坂巻が、スピーカーに語りかける。

「そう言わんで、少しだけよろしいですか。お手間取らせませんので」

室内のテレビ音声だけを流していたスピーカーがやがてぶつっと音を立て、回線が切れる。

そのまましばらく待っていると、内側から鍵の外れる音がして、扉が開いた。

だが完全には開かない。チェーンの伸び切ったわずかな隙間から、若い女が睨むような上目遣いで覗いていた。モコモコした素材のルームウェアを着て、茶髪の根元は三センチほど黒くなっている。ルームウェアなのに、顔には不自然なほどファンデーションを塗りたくっていて、顔と首の間に境界線ができていた。

坂巻が警察手帳を提示した。

「すみません、正月早々に。則本亜里沙さんですか」

「そうだけど」

則本亜里沙は蔑むように警察手帳を一瞥した。

「劉公一をご存知ですよね。お話を聞かせていただけんでしょうか」

「もう別れたから」

亜里沙は扉を閉めようとするが、閉まらない。坂巻がノブを握っている。

「本当に別れたとですか」

「別れたわよ。だからもう関係ないの」

「いつ別れたとですか」

「この前」

「この前って？」

「一か月ぐらい前」

「本当ですか」

「本当よ。だからもういいでしょう」

内と外でノブを引き合いながらの押し問答が続く。

坂巻の後ろから扉の隙間に見え隠れする亜里沙の顔を見つめていた木乃美は、ある違和感に気づいた。

「則本さん。ここ、どうされたんですか」

木乃美は自分の右目のあたりに触れながら、亜里沙に訊いた。

亜里沙がはっとした様子で顔を背ける。

「なにが？」

坂巻がこちらを振り返る。

「怪我、されてますよね」

室内が薄暗くてわかりにくいが、目の周囲が少し青黒くなっている。ファンデーションを厚塗りしているのは、それを隠すためだろう。

坂巻が扉の隙間に顔を突っ込む。

「本当ですか」

「ちょっと転んだだけ」

亜里沙は右目を隠すように顔を背けながら答えた。

「では、その手首の痣はどうなさったんですか」

木乃美に指摘され、亜里沙はとっさに手を引いた。

亜里沙の長袖の袖口から、右手首をぐるりと一周するように青黒い痣があった。

坂巻の声が興奮の色を帯びる。

「劉にやられたとやないですか」

「違う」

「それじゃ、いったい誰にやられたとですか？　顔のはともかく、その手首の痣は、転んでできるようなものじゃないですよね」

　亜里沙が辛そうに目を伏せる。

「ここを開けて、話を聞かせてください。劉は人を殺して逃亡しとるとです。あいつになにをされたかは知りませんが――」

　坂巻が亜里沙を説得しようと熱弁を振るう。

　木乃美は肩を指先でとんとんと叩かれ、振り向いた。

　あっちで話をと、峯が目顔で告げてくる。

　廊下を少し離れたところまで歩き、峯は小声で言った。

「おれはこれから下におりて、建物の裏側を固めようと思う。本田さんには、正面出口をお願いできるかな」

「則本さんが――」声が大き過ぎたのに気づき、音量を落とした。

「彼女が劉をかくまっているんですか」

　別れたという言葉を鵜呑みにするわけではないが、とくに部屋の中に誰かがいるとも思わなかった。そもそもあの怪我を見る限り、亜里沙は劉に暴力を振るわれていたのではないか。いくら恋人とはいえ、そんな男をかくまうだろうか。

峯は眉を下げ、曖昧な表情を浮かべる。

「確信はないけど、念のためさ。あの女性、なんとなく時間稼ぎをしているような気がしてね」

「時間稼ぎ……ですか」

すると峯は手をひらひらとさせた。

「なんとなくだよ、ただなんとなく。いずれにせよ、何人もあのドアの前に張り付いていたところで意味はないから、協力してくれるかな」

「わかりました」

峯がそこまで言うのなら、断る理由もない。

ところが峯と一緒に階段をおりているとき、表のほうから派手な空ぶかしの排気音が聞こえてきた。

階段を駆け下りると、マンションの前に一台のバイクがあった。

テールカウルを純正のものから、跳ね上がるようなロングテール仕様に改造した真っ黒なバイク。スカジャンにスモークシールドのフルフェイスヘルメットをかぶったライダーが、こちらに顔をひねりながら挑発するようにもう一度、空ぶかしする。

木乃美が残り数段の階段を駆けおりて道路に飛び出すと、バイクは低い唸りとともに急発進した。

「いまのは？」

峯が面食らった様子で追いかけてくる。

木乃美はスマートフォンを取り出し、〈闘雷舞〉のメンバー一覧表を開いた。

走り去るバイクのナンバーは記憶している。頭の中に残ったナンバーと、液晶画面のナンバーを照合した。

あった！

ヤマハＸＪＲ１３００。

その所有者として登録されているのは――。

「劉です」

「なんだって？」

峯が目を見開いた。

「行ってきます！」

「おいちょっと！　本田さん！」

木乃美は飛び乗るようにして自分の白バイに跨り、素早くエンジンを始動させてスロットルを開いた。

住宅街から平戸桜木(ひらどさくらぎ)道路に出ながら、左右を確認する。

右方向百メートルほど先に、遠ざかる黒いバイクの後ろ姿が見えた。

木乃美は無線交信ボタンを押した。

「交機七八から神奈川本部。手配中の劉公一と思われる二輪を発見。当該車両は日ノ出町付近の平戸桜木道路を戸塚方面へと走行中。車種は黒のヤマハＸＪＲ１３００。ナンバーは横浜Ｃの○○－△△。至急、応援願いたい」

ほどなく梶から応答があった。

『交機七二から交機七八。平戸桜木道路のいまどのあたりだ』

「えっ……と」

木乃美は一〇〇メートルほど先で、黒いロングテールのバイクが通過する信号の補助標識を読み上げた。

「いま〈初音町(はつねちょう)〉の交差点を通過しました」

『了解。おれと川崎はいま上大岡(かみおおおか)だ。交機七四とともに急行する』

梶は今日も潤と一緒に行動していた。

すると間髪入れずに、元口の声がした。

『上大岡？　わざわざそんな遠くから来なくてもいいっすよ！　おれら保土ケ谷ですから！』

元口が言うほど、上大岡からここに向かうのと保土ケ谷からここに向かうのに、大きな差はないように思えるが。どちらからも、法定速度で走れば十分弱といったところだ。

梶が元口に応戦する。

『班長と一緒だとえらく威勢がいいな！　虎の威を借るなんとやらか！』

木乃美が坂巻に呼び出されたため、今日の元口は山羽と一緒に行動していた。

『そっちこそ、あんまり川崎に負担かけないでやってくださいよ！　明日、箱根の先導を控えた大事な身体なんだから！』

二人のやりとりに潤が割って入る。

『交機七四から交機七三。私のことならご心配なく。これぐらいなら、明日への肩慣らしにちょうどいいです』

さすが潤だ。

そう思ってなにげなくバックミラーに視線を移した木乃美は、そこに映る光景に眉をひそめた。オレンジを基調としたツアラータイプのバイクが、交差点から進入してきて、木乃美とは反対方向へと走り去ろうとしている。センターラインを越えて対向車線に進入するような乱暴な曲がり方で、完全に道交法違反だ。

それよりも木乃美が気になったのは、バイクのナンバーだ。数字の並びに見覚えがある気がする。

どこで見たんだっけ。

ふいに閃き（ひらめ）が駆け抜けた。

そうだ。さっき確認した〈闘雷舞〉メンバーの一覧表に載っていたナンバーだ。

そう気づいたとき、木乃美は小道路旋回でUターンしていた。

無線で同僚たちに告げる。

『交機七八からA分隊。もう一台、平戸桜木道路を先ほどのＸＪＲ１３００とは逆方向に走行中の〈闘雷舞〉メンバーと思しき二輪車を発見。追跡のため離脱します』

最初に応答したのは元口だった。

『はあっ？　もう一台？　なんでまた』

『目的はわかりません。捕まえて話を聞いてみます』

木乃美はスロットルを全開にしてオレンジのバイクを追った。

正月の空はすっきりと晴れ渡っているが、木乃美の胸の内には、暗い靄(もや)が広がりつつあった。

2

『いたぞ』

梶の音声に無言で頷き、潤は道路の前方を見つめた。

間違いない。

ヤマハＸＪＲ１３００。デフォルトのテールカウルから交換されたロングテールが、はっきりと視認できる。

『班長と元口さんは、まだでしょうか』

無線交信ボタンを押して訊ねると、間髪入れずに元口から応答があった。

『そんなわけないだろうが！　ここにいるぜ！』

背後の交差点から二台の白バイが右折してくる。

『どうやら一足遅かったようだな。獲物はおれがいただく。後は黙って見てな』

梶がそう言ってスピードを上げた。

先頭が梶。その後ろ右側に潤、左に元口、右に山羽と、互い違いになった千鳥走行で進む。

途中で振り返った改造バイクのライダーは四台もの白バイに驚いたらしく、こちらを二度見した。そして思い出したように急ハンドルを切り、細い道へと飛び込む。

改造バイクは東戸塚の住宅街へと入った。ぎっしりと密集した家々の間を、幅四メートルの細い道路が縦横に走る区域だ。

すかさず山羽の指示が飛ぶ。

『梶はそのまま逃走車両を追尾。川崎が一本右、元口が一本左の道を走って先回りしろ。四ブロック先でこの道は行き止まりのT字路になる。左右から挟み撃ちして、逃げ道を塞ぐんだ』

管内の地理を熟知した上での的確な指示だ。

『了解です！』『了解！』梶と元口が口々に応じた。

「了解しました」

潤も無線で告げ、ステアリングを右に切る。

一ブロック先で左折し、そこからはスロットルを全開にして走った。

並行して走る一つ先の道から聞こえるエンジン音を追い越し、四ブロック走ったところで左折する。

するとちょうど正面から、元口が右折で入ってくる。

逃走車両の走っている道は、山羽の言う通り行き止まりになっている。

潤は道を塞ぐようにＣＢ１３００を横向きに止め、腰に装着していた伸縮式の特殊警棒を手にした。行き止まりに追い詰められた逃走車両のライダーは左右どちらかに曲がって強引に突破しようとするはずだ。女性にしては背が高いほうなので、一見して潤が女性だとはわからないかもしれないが、いかにもがっしりした体格の元口よりは、与しやすしと判断される可能性は高い。

おそらく逃走車両が強行突破しようとするのは、こちらだ。

潤は特殊警棒の柄を、ぎゅっと握り締めた。

ほどなくＸＪＲ１３００の排気音が近づいてくる。

ようやく行き止まりであることに気づいたらしい。エンジンの回転数がわずかに落ちる。だが後戻りはできない。後方からは梶と山羽の白バイが迫っている。開き直ったようにふたたびエンジンの回転数が上がる。

姿は見えないが、潤には音だけでじゅうぶんだった。逃走車両のライダーの心の動きまで、手に取るようにわかる。

XJR1300が目の前に現れるまで、三秒前。

二……一……――。

轟音とともに、ロングテールの改造車が現れた。

最初、T字路を左に向かおうとした逃走車両だったが、元口の白バイが待ち伏せているのに気づき、方向転換をしてこちらに向かおうとする。

が、そこにも潤が待ち受けている。

ヘルメットがスモークシールドのため、ライダーの表情は見えないが、予想外の事態に狼狽（ろうばい）しているのはよくわかる。

きょろきょろと元口と潤を見比べていたライダーだったが、梶と山羽はすぐそこまで迫っている。迷っている暇はない。

そして予想通り、潤のほうを強行突破する選択をしたようだ。

ヘッドライトをこちらに向ける。

潤は片足を地面におろし、特殊警棒を握った右手を後ろに引いて、逃走犯を迎え撃つ態勢をとった。

獰猛な唸りとともに、ＸＪＲ１３００が襲いかかってくる。

潤は特殊警棒を振り上げた。

が、特殊警棒を振り下ろすことはなく、そのままの姿勢で固まった。

横転したバイクが、タイヤの回転に任せて地面を這い、近くのブロック塀に激突して止まる。そのシートには、直前まであったライダーの姿がない。

ライダーは、元口に後ろから羽交い締めにされていた。

逃走車両がこちらを強行突破しようと方向転換したとき、素早くバイクを降りた元口が後ろから飛びついたようだ。

ライダーより身長の低い元口だが、ライダーを羽交い締めにしたまま、軽々と右へ左へ振り回す。最初こそ足をばたつかせて抵抗していたライダーだったが、圧倒的な腕力差を見せつけられ、抵抗の意思がしぼんだらしい。だらりと手足を伸ばし、されるがままになる。

「もうそれぐらいにしておけ、元口」

しばらくあきれたように見守っていた山羽が、元口を止めた。

元口がふん、と鼻息を吐き、地面に叩きつけるようにライダーを解放した。膝から崩れ落ちたライダーは腰が抜けたらしく、生まれたての子鹿のようにがくがくんとよろめいている。

「こいつはおれが捕まえたってことで、いいですよね！」

元口にとっては、それがいちばん重要なことらしい。ライダーの肩を摑んで引き立たせながら、梶に訊ねる。

「誰の手柄かなんて、そんなのどうでもいいだろ」

そうですよねえと、梶は肩をすくめながら山羽を見た。

山羽も肩をすくめて応じる。

「まあ。いいんじゃないか。ここは元口ってことで」

「よっしゃ。これはおれの獲物だ。梶さんが捕まえたのは命令されて動いてただけの雑魚。おれが捕まえたのは、正真正銘の主犯で、犯行グループのリーダー。ほら、もったいぶってないでご尊顔を拝ませろよ、劉公一！」

元口にヘルメットを脱がされそうになり、ライダーが抵抗する。

あれ？　と、潤は思った。

考えてみればスモークシールドのヘルメットといい、このライダーは最初から神経質に顔を隠そうとしていた。警察に追われていることを考えれば、不自然ではないのかもしれないが。

「いい加減にしろって！」

元口がライダーから引っこ抜くようにしてヘルメットを奪い取る。

顕わになったライダーの素顔に、その場にいた全員が言葉を失った。

てっきり劉だとばかり思って追いかけていたライダーは、まったくの別人だった。

3

『交機七四から交機七八。木乃美、聞いてる？』

潤の声にみなぎる緊張感で、木乃美は自分の悪い予感が的中したのだと悟った。

「聞いてるよ。どうした」

『逃走中のＸＪＲ１３００を捕らえたけれど、肝心のライダーは劉じゃなかった。ライダーは岸丈太郎』

「〈闘雷舞〉のメンバーで、犯行グループの一人ね」

『そう。岸は劉から警察が訪ねてきたと連絡を受けて、劉の潜伏先だった則本亜里沙のマンションに向かった。則本亜里沙が玄関先で時間稼ぎをしている間に、劉に窓から鍵を落としてもらい、近所の月極（つきぎめ）駐車場に無断で止めていた劉の愛車である

XJR1300に乗って逃走する姿を見せる』

「そうやって私を誘い出した隙を見計らい、劉自身も則本亜里沙の部屋から脱出し、岸が乗ってきてどこかに止めてあったバイクに乗って逃走した……ってことね」

『そう。いま木乃美が追いかけているのが、本物の劉』

思わず奥歯を噛み締める。

なんてことだ。峯の勘は当たっていた。別れたどころか、劉は則本亜里沙にかくまわれており、ずっと亜里沙の部屋にいた。峯はそれを察知して逃走にそなえようと提案したのに、勝手な判断で行動し、みすみす劉に逃走を許してしまった。

「あっ……」

前方を走るオレンジのバイクが視界から消え、慌ててスロットルを開く。

野毛山公園から続く急な坂道をのぼり切ったところの、住宅街にある三叉路だ。

オレンジのバイクは、左の道に入っていた。後ろ姿が遠ざかる。

木乃美もオレンジのバイクの後を追い、三叉路を左に入った。

『どうしたの』

心配そうな潤の声がする。

「ごめん。劉を見失ったかと思ったけど、大丈夫」

『追跡中の単車のナンバーは、読み取れる？』

それはしっかり確認していた。

あらためて先行車両に近づき、肉眼で確認しながらナンバーを読み上げる。

ナンバー照会の結果を、潤が告げた。

『それは岸の名前で登録されているKTM690SMCね』

やはりそうか。劉と岸は互いのバイクを交換し、逃走したのだ。

まんまとしてやられた。

思わず天を仰ぎたい気持ちだが、劉から目を離すわけにはいかない。劉は暴走族にしてはかなりのライディングテクニックの持ち主らしい。油断すると撒かれてしまいそうだ。

『岸は元口さんと梶さんに任せてある。私と班長で急いでそっちに向かうから、場所を教えて』

自分の尻拭いすら、自分一人の力でできないなんて。

情けなさでいっぱいになりながらも、少し安心した自分に腹が立った。結局、仲間の力をあてにしているし、仲間に手を貸してもらえないと一人前に仕事ができないのか。

だが背に腹は代えられない。誰の力を借りようと、このまま殺人犯を逃してしまうわけにはいかないのだ。

木乃美が現在地を伝えると、潤は不思議そうだった。

『もうちょっと遠くまで逃げてるのかと思ったけど』

その通りだった。

劉の運転するオレンジのKTM690SMCは、木乃美の追跡を嘲笑うように、日ノ出町から五〇〇メートル程度の範囲内でぐるぐると逃げ回っていた。このあたりは高低差が激しく、道もその起伏に合わせて複雑に入り組んでいるので、たしかに追跡は困難だ。だが永遠にこの周辺で逃げ続けるわけにもいかないだろうにと、疑問を抱かずにはいられない。

「なんでかよくわからないけど、さっきからこのあたりをぐるぐる回ってるの」

『どうしてだろうね。ってか、箱根駅伝のコースにも近いのがちょっと心配。そっちのほうに行かなければいいけど』

そういえばさっき則本亜里沙のマンションから漏れ聞こえた中継では、もうすぐ一区から二区へと襷が渡ると言っていた。先頭のランナーはそろそろ六郷橋を渡り、神奈川県に入るころかもしれない。

そのときふいに、オレンジバイクの後ろ姿が遠ざかった。

速度を上げたか。

木乃美もスロットルを開き、後を追いかけようとした。

が、なかなか差が縮まらない。

本気で引き離しにかかってきたということだろうか。

懸命についていく。しかし差は詰まらない。

やがて住宅街から大通りに出ると、オレンジバイクはさらに速度を上げた。そしてけたたましいホーンを鳴らし始める。いわゆるヤンキーホーンと呼ばれる、違法の警音器だ。あまりの騒々しさに、第一声を聞いた瞬間に木乃美の肩がびくんと持ち上がった。

ふいに山羽の声が聞こえた。

『本田！　その付近の国道一号線は九時十分から通行止めになる！　いま九時八分だ！　もしかしたら劉のやつの狙いは——』

「嘘……」

木乃美はオレンジを追いながら、背筋が冷たくなった。

これまで一帯をぐるぐると周回しているだけだったＫＴＭ６９０ＳＭＣが、いまは真っ直ぐに国道一号線を目指している。

通行止めになる直前のタイミングで箱根駅伝のコースを横断し、追手を撒くつもりか——。

まずい！

マシンの性能の限界を引き出さんばかりにスロットルを思い切りひねったが、すでにＫＴＭ６９０ＳＭＣとは一〇〇メートル近くの差ができている。国道一号線に近づくにつれて人通りも増えるが、速度を緩めるつもりはなさそうだ。ホーンで人を遠ざけながら、猛スピードで進む。

国道一号線との合流地点である〈西平沼(にしひらぬま)〉の交差点付近では、沿道を埋めていたはずの箱根駅伝の見物客たちが左右に逃げ惑っていた。だが中にはなにが起こったのか理解できない様子で、動きを止めているような人影もある。

「逃げて！　逃げてください！」

木乃美は拡声で呼びかけるが、ＫＴＭ６９０ＳＭＣの振りまく騒音のせいで、見物客にどれだけ届いているのかは疑問だ。

オレンジのバイクが国道一号線に進入していく。その前方には、呆然と立ち尽くす少年がいる。母親らしき女性が、少年を助けようと両手を伸ばす。母と子の姿にオレンジのバイクのシルエットが重なる。

木乃美は呼吸が止まりそうになった。

だが次の瞬間、少年を抱き締める母親の姿が目に入り、安堵する。女性は無事、少年を抱き寄せ、突進してくるバイクを避けることができたようだ。

オレンジのバイクの後ろ姿が、まっすぐに国道一号線を横切る。

向こう側の沿道もあらかた人の波が割れていたが、警備の制服警官が一人、進路を塞ぐように、両手を大きく広げて立っていた。

「あぶ……」

危ないっ――――！

そんなことをしたって、速度を緩めるような相手ではない。

ぎゅっと目を閉じ、全身に力をこめる。

その拍子にリアブレーキを踏み込んでしまい、後輪がロックした。ぐいっと、バイクごと後ろに引っ張られる感覚だった。バランスを崩しかける。今度は自分が危ない。

視界が横に流れる。

全身の毛穴が開く。

木乃美はとっさにハンドルを切り、スピンターンして止まった。

ふと見ると、勇敢な制服警官もバイクを避けて飛び退いたらしい。地面に尻もちをついて真っ青になっている。

よかった。

全身に血流の戻る感覚があった。

いや、よくなんかない。

「最悪だ……」

私が凶悪犯を逃してしまった。

すでに劉のＫＴＭ６９０ＳＭＣは遠ざかり、豆粒のようになっていた。

4

県警を挙げて懸命の捜索を行ったものの、劉の行方はようとして知れず、夜が訪れた。

まだ捜索を続けたかったが、山羽からの命令を受けて、木乃美は分駐所に戻った。

「ただいま戻りました」

扉を開けて事務所に入ると、すでにほかの隊員たちは顔を揃えていた。

「おかえりー。お疲れー」

「おかえり、本田」

元口と梶はいったん顔を上げて木乃美を労った後、すぐに二人での会話に戻った。

「にしてもすごかったみたいだな、青学のごぼう抜きは」

「五区の村山でしょう？　四区までは七位だったのが、いっきに六人を抜いて一位ですからね。それまでのレースはいったいなんだったんだって話ですよね。まさしく山の神。あれでまだ二年だっていうんだから、しばらく青学の時代が続きそうです」

「で、配当はいくらだったんだ？　当然青学に賭けてたんだろう？」

「そうですね。なんだかんだ言って一位青学、二位駒沢っていう結果は下馬評通りなんで、オッズも良くは……って、おいっ、賭けるわけないだろっ。これでも公務員だっつーの」

「公務員かどうかは関係なく違法だろ」

話題は今日の箱根駅伝往路の結果のようだ。

「おかえりなさい、木乃美。ちょうどコーヒー淹れようとしていたんだけど、木乃美も飲む？」

潤が自分の席を立ちながら言った。

「ありがとう。いまはいらない」

木乃美は微笑みで応じた。

「戻りました」

自分の席で漫画雑誌を読みふけっている山羽に首を折ると、だらりとした声が返ってくる。

「お疲れー」

山羽は視線を上げずにそう言うと、ぱらりとページをめくった。

いつもとまったく変わらない場所。いつもと変わらない仲間。凶悪犯を取り逃がした隊員を責めるような空気は皆無だ。

ほっとしたような、拍子抜けしたような、そんな複雑な心境で装備を脱ぎ、ロッカーにしまう。

自分のデスクについて、今日交付した青切符の整理を始めた。劉の捜索の合間に交付した、速度違反が二枚と、一時停止義務違反が一枚。

だがすぐにいたたまれなくなって席を立ち、山羽のデスクに向かう。

「班長。明日、箱根の警備から外れていいですか」

その瞬間、事務所の空気が変わった。

「なに言ってんだ、本田。おまえが責任を感じることはない」

「元口の言う通りだ。そもそも劉を捕まえるのは捜一の仕事なんだ」

元口と梶が口々に言う。やはりあえてそのことに触れないでいてくれたようだ。

山羽は漫画雑誌に目を落としたまま、言った。

「どう思う」

「たとえ本来の業務でなかったとはいえ、決定的な場面で劉を逃してしまった責任は私にあると——」

「おれはそんなこと訊いてない」

「えっ……」

山羽は漫画雑誌をこちらに向けた。

「この写真、どう思う」

山羽が開いているのは、グラビアページだった。水着姿の若い女が、憂いを含んだ表情でこちらを見つめている。

「どうって……かわいい？」

山羽の質問の意図が読めずに、なぜか疑問形で返してしまう。

すると山羽は大きくかぶりを振った。

「違う違う。こんなに細いのに、こんなに胸が大きいなんてありえるのかって、訊いてるんだ」

はあっと長いため息が聞こえるのは、たぶん潤だろう。

山羽がグラビアをぽんぽんと叩く。

「この子、おれが最近目をつけている岸本明日香（きしもとあすか）ちゃんって言うんだけど、顔はかわいいしスタイルは細いのに胸がでかいし、なにからなにまで完璧なんだ。完璧すぎておかしいと思わないか。こんなに完璧な子が、地球上に存在するものだろうか」

「はあ……」

もしかしてこの話には、なにか隠された別の意味があるのではないか。山羽はグラビアアイドルの話を例えに、私に白バイ隊員としての大事な心構えを伝えようとしているのではないか。

懸命に考えてみたが、やはり聞いた通りの話でしかない。

「もしかしておっぱいにシリコンでも入れてるんじゃないかな」

グラビアを見つめながら神妙な顔で語る山羽に、元口が乗っかる。

「班長。かりにそうであってても知らないほうがいいってことはありますって」

「たしかにそうだな。男のファンタジーを自分で壊すことはない。自分でもわかってる。だけどどうしようもないんだ。どうしようもない、警察官としての本能がむくむくと……」

山羽が両手で空中のなにかを揉みしだく。

「その手の動きだと、むくむく、の意味が違って聞こえますよ」

梶が笑いながら指摘した。

「そんなことはない。おれはただ、警察官として真実を希求すべくだな――」

木乃美は声をかぶせた。

「箱根の警備から外れていいですか」

「いいぞ」

「えっ」

あまりにあっさりと承諾され、意表を突かれた。

元口、梶、潤も驚いた様子だ。

唖然（あぜん）となる木乃美を、山羽が見上げる。

「どうした。箱根の警備から外れたいんだろう」

「は、はい」

「いいぞ」

そう言って山羽は、ふたたびグラビアに視線を落とす。

「いいんですか、班長」と、異を唱えたのは、元口だった。

「いいもなにも、本田が外れたいって言ってるんだ」

「だからって、理由も聞かずに許可するなんて」

すると山羽はふたたび顔を上げ、木乃美を見た。

「おまえ、箱根の警備を外れて仕事サボるつもりじゃないだろうな」

「まさか」

ぶんぶんとかぶりを振ると、山羽はふたたび視線を下げた。

「ならいい。警察官として真実を希求しろ」

おれは岸本明日香ちゃんの真実を希求すると言って、山羽はグラビアページをぱらりとめくった。

4th GEAR

1

「なんだって？」

離れた場所で電話をしていた谷原が声を上げ、潤は振り向いた。

谷原は周囲の注意を引いてしまったことを詫びるように首をすくめる。送話口を手で覆いながら背を向けた。それからもしばらく深刻そうに話していた。

潤は電話を終えた谷原に歩み寄る。

「谷原さん。大丈夫ですか。なにかあったんですか」

お節介は柄ではない。だがそんな潤でも声をかけずにいられないほど、ただならぬ様子だった。

一月三日。箱根駅伝復路の開催日。

第一交通機動隊の集合待機場所となっている、戸塚区東俣野町の駐車場だった。

いまやすっかり夜は明け、色の薄い澄んだ青空がどこまでも広がっている。天気予報によれば午前中の降水確率は六〇％ということだが、それにしては、天候が乱れる気配は微塵もない。

復路のスタート時刻である午前八時が迫り、緊張とも高揚とも解釈できそうなそわそわと浮ついた空気が、駐車場全体を包み込んでいる。あちこちから同じ内容の音声が聞こえるのは、警官たちがワンセグチューナー付きのスマートフォンや小型テレビなどで、午前七時から始まったテレビ中継を見ているためだ。

A分隊のほかの隊員たちも、肩を寄せ合うようにしながら一台のスマートフォンの液晶画面に見入っていた。そのため、一人だけ輪から離れて深刻そうに電話で話し込む谷原に、注意を払う者は少なかったようだ。

「ああ。なんでもない。ちょっとな……」

谷原は取り繕うような笑みを浮かべ、スマートフォンの液晶画面に付着した脂を制服の袖で拭う。

「なんでもない、という感じではありませんでしたけど」

「そうかな？　そう見えたならすまない。余計な心配をさせてしまったか」

「よかったら、一緒に悩ませてくれませんか」

　オールバックの髪を撫でながら笑っていた谷原の手の動きが、止まった。

　潤はふっと笑みを吐き出し、肩をすくめる。

「なんちゃって。これ、木乃美の受け売りなんですけど」

「本田の……？」

　谷原が口を半開きにする。

「そうなんです。あの子、本当に真っ直ぐというかお節介というか……最初は私、あの子のそういうところがすごく苦手でした。感情をむき出しにして本音でぶつかってくる人の相手をするのって、こっちも同じくらいのエネルギーが必要になるじゃないですか。さらけ出すのに慣れていないと、そういうの、すごく苦痛なんですよね」

「たしかに、おまえと本田は正反対だな。なのにどうして仲が良いんだろうと不思議だったが、正反対だからこそ上手くいくのかもしれないとも思っていた」

　谷原が軽く口角を持ち上げた。

「最初から仲が良かったわけじゃありません。木乃美が諦めずにぶつかり続けてくれたおかげなんです。谷原さんのおっしゃる通り、私と木乃美は正反対です。正反対だから私は木乃美を嫌いだったし、遠ざけたし、拒絶した。自分と違う存在を理解する努力すらせずに、一方的に扉を閉ざした。普通ならそんなことされたら、勝手にしろよって反発するだろうし、私のことを嫌いになると思います。けど、木乃美は諦めなかった。諦めずに、扉を叩き続けてくれた」

「だからおまえも他人にお節介を焼くことに決めた、ってわけか？」

「え……っと」

やっぱり余計なお世話だったのか。

慣れないことなんてするものじゃない。顔が熱くなる。

だが、谷原は笑ってくれた。

「良い同僚に恵まれたな。いや、良い友人か」

「両方です」

良い仕事仲間であり、良い友人。そして、良い好敵手（ライバル）でもある。

「良い出会いに感謝だな」

「はい」

胸を張って言える。木乃美と出会えて感謝している。

谷原が微笑ましげに目を細めた。

だが、その表情は長く続かない。頬が翳る。

「さっきの電話だが、知り合いの娘さんがいなくなったらしい」

声音は深刻な色合いを帯びていた。

「ど、どういうことですか。知り合いって……」

どの程度の？

そう訊ねかけて、不謹慎な質問だと自分を戒める。相手との関係の深さで、問題の重さが変わるわけではない。

「弟みたいにかわいがっていた、昔のバイク仲間の娘なんだ。そのバイク仲間は若くしてがんで死んじまって、母方の実家のある栃木に一家で越していってからは、あまり会うこともなくなったが、それでも年賀状のやり取りはあったし、ごくたまにだが、電話で近況を報告し合うこともあった」

「もう警察には、届けたんですか」

「おれたちも警察だがな」

谷原がおどけたように肩をすくめる。

「届けるようには言った。だが、いなくなって間もないようだし、すぐに本腰を入れて捜してくれるかは……」

自らも警察組織の一員であるだけに、警察がどう対応するかもわかっている、という感じの口ぶりだ。

「そもそものお嬢さんは、どういう状況でいなくなったのですか」

「麗奈ちゃんは……その子は麗奈ちゃんという名前なんだが、年末年始、友人と一緒に鎌倉のマンションに滞在していたらしい」

「別荘……ってことですか？」

麗奈という子は裕福な生まれなのだろうか、という疑問が顔に出たらしい。谷原がかぶりを振る。

「彼女を誘った友人の、大学の先輩というのが、ボンボンらしくてな。京明大だ」

「ああ」なるほど。

学校名を聞いただけで納得した。京明大といえば、会社経営者や芸能人の子女などが多く通う、全国でも屈指の名門私大だ。

「麗奈ちゃん自身は、けっして裕福ではないと思う。むしろ逆かもしれないな。奨学金の給付を受けながら実家から地元の大学に通っているし、彼女には兄貴がいるんだが、その兄貴は陸上をやっていて、特待生として学費が免除されるという基準で大学を選んだ。親父が死んでからはいくつも仕事を掛け持ちして、細腕一つで育ててくれた母親に頼りたくなかったんだと」

そういうことなら、身代金目当ての誘拐などの可能性はないか。

谷原が続ける。

「さっきの電話は、麗奈ちゃんの兄貴からだったんだ。今日、箱根十区を走るランナーなんだが」

「えっ……?」

箱根を走るランナー？　しかも最終十区。その妹が行方不明？

すると背後から、なぜか元口の声が聞こえてきて両肩が跳ねた。

「マジですか！」

潤が振り返ると、元口が物陰から出てきた。

「いや、盗み聞きしようとしたわけじゃないんですけど、トイレに行こうと思って近くを通りかかったら、やたら深刻そうな雰囲気で話し込んでたんで……」

盗み聞きしたらしい。

とはいえ、自分たちだけで秘密を共有したところで、持て余すだけだ。

「谷原さん。うちの班長に相談してみませんか。いい加減に見えるし実際にいい加減ですけど、いざとなるとけっこう頼りになる人なんです」

一瞬だけ逡巡した様子を見せた谷原だったが、麗奈を案ずる気持ちが強かったのだろう。すぐに頷いた。

それから谷原は、Ａ分隊のメンバーの前でなにが起こったのかを話した。

谷原に電話をかけてきたのは、麗奈の兄である雅志だった。

最初は、激励の電話だと思ったという。

これから箱根駅伝の先導という大役に臨む自分を祝福し、励ましてくれようとしているのだと。

おれのことなんかいいのに。お互いに頑張ろうな――。

そういう言葉を用意して電話に応答した谷原だったが、用意していた言葉を口にする機会は巡ってこなかった。

妹の麗奈と連絡が取れないというのだ。

雅志の説明はこうだ。

午前三時に起床した雅志は、すぐに妹にメールを送った。

妹はお兄ちゃんを沿道で応援するんだと張り切っていた。最初は大手町でゴールを待つべく、都内のホテルを取るつもりだったようだが、正月はどこも満室な上、まれに空室があっても料金がべらぼうに高く、貧乏学生にはとても手が出ない。いったんは生観戦を諦めたが、東京の大学に通う高校時代の同級生から、鎌倉のマンションで年越ししないかと誘われたそうだ。誘われた時点では鎌倉の場所がわからずに断ろうとしたが、横浜にも東京にもアクセスがよく、箱根駅伝の生観戦もじゅうぶんに可能だと雅志から電話で聞いて、鎌倉行きを決意したらしい。

朝食を摂り、ウォーミングアップを終えても妹からの返信はなかったが、雅志は気にしていなかった。なにしろまだ早朝だ。昨晩羽目を外して眠りこけているのだろうというぐらいにしか考えなかった。

ところが栃木に暮らす母から、麗奈と連絡が取れないというメールが届いた。麗奈は母に、午前六時のモーニングコールを頼んでいた。万に一つでも、寝坊して兄の晴れ姿を見逃すという失態を犯すことのないように、ということらしい。

だが何度電話しても、娘が電話に出ない。そこで母は、息子のほうに電話をかけてみることにした。

そう言われても、雅志としては身動きの取りようがない。これまでの青春をすべて注ぎ込んできた大事なレースを控えているし、宿舎のある箱根と、妹の宿泊している鎌倉は、母が考えるほど近くもない。

鎌倉まで行って、妹を叩き起こせとでもいうつもりか。母の無神経さに少し腹が立ったものの、考えてみれば起床してすぐ送ったメールへの返信もない。つねにスマートフォンの画面を見つめて着信にそなえているのではないかと思うほど、いつもは返信の早い妹なのに、だ。

雅志は妹に電話をかけてみた。母の言う通りだった。何度かけてみても、つながらない。母の心配が伝染したように、だんだん不安になってきた。

雅志は母に連絡し、妹を誘ったという高校時代の同級生の連絡先を教えてくれと要求した。そして教えられた篠田紗世に電話をかけた。

篠田紗世は、麗奈は昨晩遅くに鎌倉のマンションを出て行ったと言った。なにやら揉め事があったらしく、夜中にマンションを飛び出していったのだという。

いったいどんな喧嘩をすればそんな結果になるんだと訝ったし、喧嘩をしたとはいえ、深夜に飛び出した妹を心配する様子もない友人に腹が立ったが、重要なのはそれよりも、妹がマンションを飛び出していったという時間だ。

午前三時ぐらい。

つまり午前三時に起床した雅志がメールを送った時点で、妹は間違いなく起きていた。マンションから駅までは、歩いて一時間ほどかかるらしい。タクシーもほとんど通らない極寒の屋外で、妹は兄からのメールを確認したはずだ。すぐに眠りにつけるような状況でもなかっただろうから、返信する時間はいくらでもあった。なのにいまに至るまで返信はない。夜道を一人で歩いて心細かったに違いないのに、兄はおろか、母にも連絡していない。

もしかして妹は、なんらかの事件に巻き込まれたのではないか。そう考えた雅志は、もっとも身近な警察関係者である谷原に電話をかけ、相談したのだった。

「そのマンションを持ってる大学の先輩ってのは、男だったんですよね」

谷原の話を聞き終えるや、梶が口を開いた。

梶の言いたいことはわかる。男のマンションに滞在していたのなら、その男がもっとも疑わしいのではないか。潤もまずそう思った。

谷原も頷く。

「おれも最初は、その男が疑わしいと思った。だがマンションにはそのボンボンのほかに、麗奈ちゃんの高校時代の同級生の女の子も滞在していた。その同級生の女の子に誘われて、鎌倉に来ることにしたようだ」

「ちょっと大騒ぎし過ぎじゃないすかね。たんに友達と喧嘩してマンションを飛び出しただけの話でしょう」

元口は楽観的だ。

「でも、電話がつながらないんだぞ」

深刻そうな梶をいなすように、元口が唇を歪める。

「充電が切れちゃっただけじゃないですか。おれもよくありますよ。それか、友達からの連絡がうざいからわざと電源を切ってるとか。梶さんもよくやってるじゃないですか。わざと電源切ってキャバクラ行って、後で奥さんに充電切れちゃったって言い訳するの」

「こういう状況でそういうことを暴露するのはやめろ」

「こういう状況って言っても、まだ深刻な事態だと決まったわけじゃありません。取り越し苦労かもしれませんよ。そのうちひょっこり現れるかもしれないし、何度か連絡するうちに電話がつながるかもしれない。その麗奈ちゃんって子がいなくなってから、まだ何時間も経っていないんでしょう」

「だといいんだが……」

谷原の表情は晴れない。

元口の言う通り、谷原は少し心配し過ぎのような気もする。

同じように感じていたらしく、山羽が訊いた。

「なにか心配な事情でもあるんですか」

「事情というか、気になることがある。麗奈ちゃんは、年末に起きた殺人事件を目撃したらしいんだ」

「年末に起きた殺人事件って、もしかして七里ガ浜の？」

元口がぎょろりと目を剝いた。

谷原が頷く。

「そうだ。目撃者として証言したと話していた。まさかその件と関係があるとは思えないが、なにか引っかかってな」

「そうでしたか」

山羽の声に同情の色が滲む。

「でも、大丈夫じゃないですかね。こっちが散々心配してるのに、そのうちなにごともなかったかのように現れて、スタバでキャラメルフラペチーノ飲んでたとか言いやがりますよ、女子大生ってやつは」

悪意たっぷりの元口に、梶が冷ややかな横目を向ける。

「なんか怨念がこもってるな、おまえが女子大生について語るときは」

「ええ。関内のキャバクラで女子大生ホステスに痛い目に遭わされましたから。学費も払えないほど困ってると言ってはメシをたかったり、そのくせテスト期間を理由に一か月もメールをシカトしたり」

「それ、女子大生っていう設定だろ」

二人のくだらない会話も、谷原を笑顔にはできない。

ふと、潤は顔を上げた。

「谷原さん。麗奈さんの顔がわかる写真など、手に入りますか」

「ああ。雅志くんに頼めば手に入ると思うが」

「いただけませんか。木乃美に送っておきたいんです」

「本田に？」

「それは良い考えだ」

「本田に顔写真を見せとけば、ワンチャンあるかもな」

梶と元口が口々に賛同する。

木乃美が人並み外れた動体視力を持つことを知らない谷原は、まだ不思議そうな顔をしている。

そんな谷原の背中を押すように、山羽が頷いた。

「本田に伝えておいて損はありません。写真を」

「わ、わかった」

谷原がスマートフォンを取り出す。

そのとき、あたりがにわかにざわつき始めた。

「なんだなんだ」

周囲を見回す元口に、谷原がスマートフォンを見ながら告げた。

「復路がスタートしたんだ」

「そうか。もう八時……そんな時間なんですね」

梶もポケットからスマートフォンを取り出しながら、時刻を確認する。

ついに始まった。

潤はひそかに唾を飲み込んだ。

2

頬に熱いものが触れ、「ひゃぉっ」と奇声を上げてしまった。

振り返ると、坂巻が缶入りのおしるこを差し出している。先ほど頬に触れたのは、おしるこの缶だったらしい。

「な、なんなのよいきなり。びっくりするじゃないの」

木乃美は、坂巻の手からおしるこの缶をひったくるようにして奪い取った。

「そう言うわりには、しっかり受け取るとやな」

「だって寒いし、お腹(なか)減ってるし」

木乃美は唇を尖らせながらプルタブを倒す。一口飲むと、温かさと甘さが口の中に広がり、じんわりと全身が弛緩(しかん)した。忘れていた眠気を思い出しそうだ。

「ってか、なにしに来たの」

「そんな言い方はないやろう。正月を独り寂しく過ごす哀れな独身女に、愛を届けに来てやったとぞ」

三十分ほど前、坂巻が電話でどこにいるのか訊ねてきたのは、差し入れを届けるためだったらしい。

「独りで過ごすっていっても、仕事だし」

「おまえ、警察官は天職かもしれんな。この仕事をしとる限り、クリスマスや正月に独りでおっても仕事て言い訳できるぞ」

「喧嘩売りに来たんなら帰って。私は忙しいの」

とはいえ、この状況を忙しいと言えるのか……。

三が日も最終日となると、だいぶ交通量が戻ってきた。

木乃美は中原街道に合流する側道から、街道を往来する車両を見つめていた。交通取り締まりのためではなく、逃亡中の殺人犯を見つけるためだ。

「おれだって忙しかぞ。忙しい合間を縫って、様子を見に来てやったとやないか」

「そりゃどうも。様子を見に来たのが年下のイケメン大学生とかなら、少しはテンションも上がったんだろうけど」

「おれだってできるならミニスカ黒ギャルの様子を見に来たかったたい」

「へー。部長って黒ギャルが好きなんだ」

っていうか、ミニスカ黒ギャルの様子を見に行くってどういう状況だ。

冷ややかな横目を向けてみるが、坂巻は怯む様子もなく胸を張った。

「いいか。教えといてやる。男には二種類おる。黒ギャル好きを公言する男と、黒ギャル好きを隠す男たい」

しばらく唇をすぼめて考えた。

「それってどっちも黒ギャル好きじゃん」

「その通り。黒ギャルが嫌いな男はおらん」

あきれた。よくもまあ自分の個人的な嗜好を男性の総意とすり替えられるものだ。

「それはそうと」坂巻が話題を変えた。

「スタートしたぞ。駅伝」

「知ってる」

気づかないはずがない。何度も時刻を確認しながら、いまごろA分隊の仲間はどうしているだろう、潤でも緊張したりするのだろうかと、気を揉んでばかりだった。

「よかったとか」

「なにが」

「なにがって、わかっとるやろう」

もちろんわかっている。坂巻は、せっかくの親友の晴れ舞台なのに、こんなところにいていいのかと言いたいのだ。

「よく言うよ。自分がA分隊に捜査協力を依頼しに来たくせに」

「まあ。そうなんだが……」坂巻はバツが悪そうに後頭部をかく。

「だが今日ぐらいは、箱根の警備のほうに専念してくれてもよかったとぞ」

「凶悪犯が野放しなのを放ってはおけないでしょ」

「それは本来、一課の仕事だ」

「いいの」

「しかし――」

「私はこれをやりたいの。自分から志願してここにいるの」

「まったく、強情っ張りやな」

坂巻はお手上げという感じに、肩をすくめた。

それから中原街道のほうを見やる。

「協力には感謝するが、こんな方法で劉が見つかるかね。針の山の中から一本の針を捜すようなものぞ」

「でもやるしかないじゃない。黙って手をこまねいているわけにはいかない。あと、それを言うなら針の山じゃなくて藁の山。針の山なら、捜さなくてもどれでも手近な一本を使えばいい話じゃない」

「そうか。藁の山。それもそうだ」

坂巻がぽんぽんと自分の頭を叩いた。

横浜市都筑区南部のその場所は、劉と鑑別所で知り合ったという友人宅の近所だった。その友人いわく、劉とはここ数年疎遠になっているらしい。

〈闘雷舞〉のメンバーの自宅には、すでに一課の捜査員たちが張り付いており、自分の出る幕ではない。そこで劉の交友関係から、一人の友人をピックアップしてみたのだった。箱根の警備を外してくれと直談判したわりには、まったく劉に近づくことができていない。焦りは募るが、できることをやっていくしかない。

「すまんな。こんな効率の悪いことさせて。早いとこ口を割らせるようにするけん」

坂巻が言っているのは、すでに身柄を拘束した犯行グループのメンバーたちのことだ。

「なにもしゃべってないの」

「いまんとこは、な。示し合わせたように黙秘を貫いとる。そうは言うても落としの坂巻にかかれば、まあ、保って数日だろうが」

そんなにかかっては遅い。劉が遠くに逃亡してしまう。

「なにが落としの坂巻よ。合コンでは空振り続きのくせに」

「あんな、空振りにも良い空振りと悪い空振りがあるったい」

「部長のは良い空振りだってこと？」

「もちろんだ。スイング自体は完璧。ほら、おれの顔、よく見たらベイスターズの筒香に似とらんか」

「どうせキャバクラかどこかで言われたんだろうけど、部長が筒香に似てるんなら私だってガッキーに似てるって言っても許されると思うよ」

　都合の悪いことは耳に入らないようだ。

「当たればホームランなんやけどな」

　坂巻がバットを振る真似をし、飛んでいくボールを見送るように、手でひさしを作って遠くを見る。

「ホームラン打つまでにどれだけ三振する気？」

　そのとき、ポケットでスマートフォンが振動した。

　潤からのメールだ。

　ファイルが添付されている。

　ファイルを開いてみると、写真だった。二十歳前後ぐらいの男女の、上半身を捉えた構図だ。男のほうはジャージ姿ではにかんでおり、女のほうは満面の笑みで男に身を寄せ、ピースサインをしていた。

「なんだろ、これ」

　見ず知らずの男女の写真に首をかしげていると、坂巻が横から覗き込んできた。

「あ。この女性……」

　驚いた顔で木乃美を見る。

「部長。知ってるの？　ってことは、この女の子は水商売の人？」

とてもそうは見えないが。

「馬鹿抜かせ。おれにはキャバ嬢かホステスしか女の知り合いがおらんとでも言うとか」

「違うの」

「風俗嬢もおる」

涼しい顔で言ってのける同期に、木乃美は軽蔑の眼差しを向けた。

だがそんな視線はおかまいなしに、坂巻が液晶画面を覗き込んでくる。

「なんでおまえのスマホにこの人の写真が？」

「知らないよ。潤から――」

ふたたびスマートフォンが震えた。

今度は潤からの電話だった。

「もしもし」

『もしもし、木乃美？　写真見た？』

「見たけど、あれなに？」

潤はこれから箱根駅伝の先導に臨む。現在は戸塚区東俣野町の集合待機場所で出番を待っているはずだが、電話などして大丈夫なのだろうか。

『彼女は両角麗奈さん。谷原さんの知り合いの娘さんらしいんだけど、今朝から行方がわからなくなっているみたいなの』

「行方不明？　谷原さんの知り合いの娘さん？」

いきなりいろんな情報が飛び込んできて整理がつかない。

『そう。警察には届けたみたいだけど、まだいなくなってそれほど時間が経っていないから、本格的に捜索してもらえるとは思えない。まあ、たんにスマホの電源を切ってるだけかもしれないんだけど、念のために木乃美に顔を覚えておいてもらおうと思って』

「どういうこと？」

いなくなって数時間では、たしかに警察としても動きにくい。

「両角さんがどうしたとな？」

坂巻がそわそわとしながら、早く電話を替われという感じに手招きをする。

『坂巻さんもいるの？』

「うん。スピーカーに切り替えていい？」

『もちろん。そのほうが話が早いかも』

木乃美はスピーカーホンに切り替え、坂巻にも聞こえやすいようにスマートフォンを顔の前に持ち上げた。

「部長。さっき話の途中だったけど、この写真の人、知ってるの」

「ああ。女性のほうを知っとる。四日前に会ったばっかりたい。七里ガ浜海岸駐車場殺人事件の目撃者やけんな」

「そうなの？」

木乃美は驚いたが、潤からの反応はとくにない。すでに知っていたようだ。だから「話が早い」のか。

「どういうことな、川崎。説明してくれ」

木乃美と坂巻は、潤から両角麗奈が行方不明になった経緯を聞いた。麗奈の兄である雅志が、弦巻大学のアンカーとして箱根十区を走る予定であるということも。

「弦巻大学ていうたら、予選会を突破して初出場したて話題になっとるところやな」

「そうなんだ。詳しいね、部長」

「おまえと違って食いもの以外にも興味あるけんな」

「私だって……」

むっとする木乃美を無視して、坂巻は心配そうに眉根を寄せる。

「たしか昨日の往路も、かなり健闘しとったよな」

『八位でした』

「すごかな。初出場で八位は立派な成績たい」

『いまは二つ順位を落として、十位みたいですけど』

「それでもまだシード権争いに加わっとる。たいしたもんだ。だが妹さんの行方がわからんことには、兄貴もレースどころじゃないやろう」

こんな状況でレースに臨む両角雅志に同情するように何度か頷き、顔を上げた。

「わかった。うちの捜査本部でも妹さんの顔写真を共有して、聞き込みに出たときなんかに気にしてもらうようにしよう」

『ありがとうございます。そうしてくれると助かります』

「ねえ、部長。もしかして、劉が麗奈さんを拉致したんじゃ……」

木乃美が口にした思いつきを、坂巻は即座に否定する。

「そんなわけないやろう。どうしてそうなるとか」

「だって、麗奈さんは七里ガ浜の事件の目撃者なんでしょう？　二人はつい四日前に接触している」

「接触というても、ほんの一瞬のことぞ。おまけに、劉のほうは両角さんの顔すら見とらんはずたい」

坂巻は、麗奈がどのような状況で事件を目撃したのかを説明した。

十二月三十日の夜。

両角麗奈たち友人グループは夜の海を見に行こうという話になり、柳という男の車で七里ガ浜海岸に出かけた。麗奈と柳、それと、麗奈を鎌倉に誘ってくれた友人の篠田紗世という顔ぶれだった。

冬の夜の砂浜は思った以上に風が強く、ロマンチックな感傷をいっきに吹き飛ばした。麗奈はもともと末端冷え性で、寒いのは苦手だ。砂浜におりて五分ほどで歯の根が合わなくなった。まだ海を見ていたいという二人を砂浜に残し、麗奈だけ車に戻り、寒さをしのいだ。

駐車場にはぽつぽつと車が止まっていたが、どれも無人だと思っていた。だから十数メートル離れた場所に止まった一台の屋根が突然開き、オープンカーになったときには驚いた。一緒に来た友人たちの姿は見えず、冷たい潮騒(しおさい)だけが響いていた。かりになにかが起こっても、自分の声は砂浜にいる友人たちには届かない。そういう心細さもあったせいか、助手席にいた麗奈はとっさに身を低くし、隠れた。

暗くて顔などはわからないが、男は車の中で眠っていたのだと、麗奈は思った。両手を突き上げて伸びをしていたし、自分の肩を揉みながら、首をこきこきと鳴らすような動きもした。長時間同じ体勢でいたせいで、凝り固まった身体をほぐすようなしぐさに見えた。それでもまだすっきりしないという感じに、男は車を降りた。

ワンボックスカーが駐車場に乗り入れたのは、そのときだった。猛スピードで入ってきたワンボックスカーは、白線の枠をあえて無視するようなカーブを描き、けたたましいブレーキ音を響かせながら停止した。

そしてスライドドアが開き、数人の男がわらわらと降りてきた。男たちはそれぞれに細長い棒状のものを手にしており、それらを振り上げ、雄叫(おたけ)びを上げながら、休憩していた男に襲いかかった。

あまりに現実感のない光景に、なにが起こっているのか理解するのに時間がかかってしまったと、麗奈は悔やんでいたという。もしもあと一瞬早く、あと数秒早くに手を打っていたら、被害者は死なずに済んだのではないか、と。

目の前で起こっているのが集団リンチであると理解した麗奈は、とっさにクラクションを鳴らした。そうすることで犯人グループの暴力が自分に向けられるかもしれないという可能性には、鳴らした直後に思い至った。

だが幸いなことに、犯人グループはクラクションの源を探ることはせず、一目散に車に乗り込み、逃走した。

そして麗奈はすぐさま、一一九番に通報したのだった。

消防から通報を受けた機動捜査隊が現場に到着するのは、それから十分後のことだった。

話を聞き終えると、木乃美は唇を曲げた。

「たしかに両角麗奈さんの証言通りなら、劉は彼女の顔を見ていない」

「そういうことたい。両角麗奈さんの顔を見ていない劉に、彼女を探すのは不可能やろうが。だいたい動機はなんな。劉が彼女を拉致して、なんになる」

坂巻の問いかけに、木乃美は唇を曲げた。

「口封じ……とか?」

「いまさら目撃者の口を封じてどうするとや。警察に洗いざらいしゃべった後ぞ」

「そっか。それなら、復讐(ふくしゅう)?」

話し始めた瞬間に自信がなくなり、「復讐」が探るような言い方になる。

坂巻はやはりかぶりを振った。

「ただの目撃者の所在を突き止めて復讐するなんて、よほどの手間やないか。そんなことするならさっさと遠くに逃げたほうがいい。そもそもさっきも言うたように、劉は両角麗奈さんの顔も名前も知らんはずたい」

「そうだよね」

だとすれば劉は関係ない。それが朗報なのかどうかは、判断がつきかねるが。

坂巻がスマートフォンに話しかける。

「安心しろ。ちゃんと捜査員に周知しとくけん」

『ありがとうございます』

「私も、麗奈さんの顔をしっかり頭に入れておく」

木乃美が言うと、ふっと微笑みを吹きかける音がした。

『うん。よろしく』

気配が遠ざかりかけたので、慌てて「潤」と呼び止めた。

『どうしたの』

「こっちは私たちに任せて。潤は自分のことに集中して」

この状況でそんなことは無理だと、自分でも思う。だがほかにかける言葉が浮かばない。

『ありがとう』

応じる声が少しだけ柔らかくなった。

「頑張って」

私のぶんまで。

『頑張るよ』

潤の力強い宣言を最後に、通話は切れた。

3

遠くにパトカーが止まっているのが見えた。

お願い！　気づいて！　こっちを見て！

麗奈の必死の願いも届かず、警官の視線がこちらを向く前に、劉がハンドルを切る。

劉の運転する黒塗りのマツダＲＸ－７は、幹線道路から細い道へと入った。しばらく住宅街を走り、別の道へと出る。

だがほどなく、遠くに赤色灯が見えた。

ふたたび細い道へと入りながら、劉が舌打ちをする。

「ったく、今日はどこもかしこもおまわりだらけじゃねえかよ」

正月三日の午前中とはいえ、箱根駅伝復路の開催日だ。神奈川県下では警備も厳重になるだろう。

加えて殺人事件の犯行グループのメンバーが、いまだ逃亡中なのだ。

警察だらけなのは、あなたが起こした事件のせいじゃないの——とは、麗奈は言わなかった。いかにも直情的でキレやすそうなこの男を刺激したくなかったし、なにより不可解なことにこの男は、麗奈が七里ガ浜海岸駐車場殺人事件の目撃者だと知らずに拉致したようだ。

最初に襲われたとき、劉が報復しに来たのだと思った。警察に目撃証言をしたことを逆恨みされたのだと。

だが冷静に考えてみると、それはおかしい。麗奈は犯行の一部始終を見届けたが、劉のほうは、見られていることに気づいていなかった。なにしろ麗奈がクラクションを鳴らしたとき、それが駐車場に止まった数台のうち、どの車両から聞こえたのかすらわかっていない様子だった。犯行グループはクラクションを鳴らした車がどれかを確認せずに、慌ててその場から走り去ったのだ。

ならば劉はなんの目的で、私を拉致したのだろう。

ただの偶然？

女性を乱暴しようと標的を物色していて、たまたま目をつけた女が、自分の起こした殺人事件の目撃者だったとか。

――ありえない。

誰でもいいのなら、あんな時間に、まったく人通りのない鎌倉の山の手にある高級住宅街を選ぶのは効率が悪すぎる。もっと若い女がいそうな場所は、ほかにもたくさんあるではないか。そもそも殺人事件への関与を疑われ、警察に追われている男が、女性を乱暴するために捕まるリスクを冒してまで町中を走り回るという前提からして不自然だ。

そう考えると、劉は最初から麗奈を狙っていたということになる。

だがその目的は、目撃証言への報復ではない。

だとするとなんだ。

ほかになにが――？

さっぱり想像もつかない。何度か訊ねてみたが、しつこくすると爆発しそうな雰囲気だったので追及は諦めた。

劉は私をどうするつもりなのだろう。これから私はどうなるのだろう。

そしてもう一つ、どうしても気がかりなことがあった。

「あの……」

「なんだ？」

かなり苛立っているらしく、怒鳴るような口調に怯みかけたが、麗奈は勇気を振り絞った。

「ラジオ、点けてもらってもいいですか」

スマートフォンは取り上げられている。インターネットの速報を見るだけだと言っても、劉は信用してくれないだろう。ならばラジオしかない。

「なんで」

「箱根駅伝が気になって」

「は？」劉が眉をひそめる。

「こんなときになに言ってんだ。おまえ、自分の立場わかってんのか」

「お願いします。知り合いが選手として走るんです」

兄の迷惑になる気がして、きょうだいというのははばかられた。

「駄目だ」

「お願いします」

「おれは駅伝なんか興味ない……いや、興味ないどころか、大嫌いだ」

吐き捨てるような言い方におののいたが、麗奈としても引き下がるわけにはいかない。

「お願いです」

眼差しに必死の思いを込め、訴えた。

ちらりとこちらを見た劉が、わずかに唇をゆがめる。

そして無言でラジオのスイッチに手を伸ばした。

「ありがとうございます」

ふん、と鼻を鳴らす音が返ってきた。

ラジオ音声に耳をかたむける。

先頭は復路スタート時と変わらず青山学院大。六区田嶋（たじま）が往路ゴール時には三十二秒だった二位駒沢大との差を一分以上に広げる快走を見せ、七区宮尾（みやお）に襷をつなごうとしている。二位駒沢大、三位日体大までの順位変動はなし。ところが四位でスタートした早稲田大の六区走者森（もり）が脱水症状を起こし、後続のランナーに次々と追い越されているらしい。

『――中央学院大、上武大にも抜かれ、早稲田大は十位にまで順位を落としています。そして後方からは、十一位創価大も迫っています』

興奮気味の実況音声を聞きながら、麗奈は思わず「なんで！」と声を上げた。運転席の劉の肩が、驚いたようにびくっとなった。

「なんだ」

鬱陶しそうに睨まれ、慌ててかぶりを振る。

「なんでもありません」

麗奈は肩をすぼめてうつむいた。

昨日の往路が終了した時点では、兄の所属する弦巻大は八位だった。それなのに、十一位までに名前が呼ばれていない。

いったいいくつ順位を落としたんだ……。

そう思って胸が締め付けられるような感覚に陥った瞬間、待ちわびた名前が聞こえてきた。

『創価大のすぐ後ろには弦巻大。予選会を突破して箱根に初出場をはたした新勢力です。往路では八位と大健闘を見せましたが、六区藤原が大ブレーキ。現在十二位と順位を落としています。ああ、苦しそうに脇腹を押さえています、藤原。それでも懸命に走る。仲間のために、襷をつなぐために』

藤原。兄の話に何度か名前が出てきたことがある。同じ四年生で、休みの日にも一緒に遊びに出かけるほど仲がよかったはずだ。大丈夫だろうか。

ラジオの周波数が表示された液晶画面を見つめながら麗奈が手に汗を握っていると、ふいに運転席から伸びてきた手が、ラジオのスイッチを切った。

「あっ……」

「もう終わりだ」

「でも――」

するとの瞳が凶暴な光を帯びた。

「終わりだ。言っただろう。おれは駅伝が嫌いなんだ」

「……なんでですか」

「あ?」

「なんで駅伝が嫌いなんですか」

興味がないというならわかる。だが、嫌う必要はないのではないか。なにか駅伝を毛嫌いするような事情でもあるのだろうか。

すると劉は、絞り出すような低い声で言った。

「おまえに話す必要なんてない」

それ以上のいっさいの会話を拒絶するような、怒りと憎しみに満ちた声だった。

劉の横顔を見つめながら、七里ガ浜海岸駐車場で見かけたときの異様な眼光と同じだと、麗奈は思った。

4

「おうい。木乃美ちゃん」

ふいに名前を呼ばれて振り向くと、道の脇に寄せて停止した8トントラックの運転席から、五十がらみの男が身を乗り出していた。白髪混じりの角刈りで、この季節なのに肌が浅黒い。

誰だろう、と数秒間眉根を寄せ、思い出した。

「相川（あいかわ）さん！」

相川はこれまでに何度か取り締まったことのあるドライバーだった。最初は経験の浅い女性白バイ隊員に敵意むき出しだったが、いまではすっかり改心し、優良ドライバーになっている。

なにかと縁があるとは思っていたが、まさかまた会うとは。

相川はハザードを焚き、車を降りてきた。

「あけましておめでとう」

「あけましておめでとうございます」

「正月早々に木乃美ちゃんの顔を見られたから、今年の抱負は安全運転にするよ」

調子の良いことを言いながら、相川が鼻の下を擦る。

「ところで、こんなところでなにやってるの」

「相川さんこそ、なにやってるんですか」

「見りゃわかるだろ。仕事だよ。貧乏暇なしってやつさ」

そう言って相川は、背後のトラックを指差す。

「私だって見ればわかるでしょう。仕事です」

木乃美が白バイのハンドルをぽんぽんと叩くと、相川は破顔した。

「たしかに違いねえや。また木乃美ちゃんに一本取られたな」

嬉しそうに顔をかきながら言う。

「だけど仕事っつっても、今日は白バイさんは駅伝の警備で手一杯じゃないの。おれなんかイチコク沿いだと交通規制になるわ人は多いわで大変だから、わざわざ遠回りのルートで荷物運んでたんだけど、まさかその遠回りした道で木乃美ちゃんに会うなんて」

イチコクとは、箱根駅伝のコースになっている国道一号線の通称だ。

「たしかに駅伝にはかなりの人員を割いていますけど、だからと言って普段の業務をおろそかにするわけにはいきません」

「だから気を引き締めて安全運転しろってこったな。油断ならないや。怖い怖い」

相川が自分を抱いて震える真似をする。

「そうですよ。白バイがいないと思って、違反してないでしょうね」

「するわけがない。おれにもかわいい孫ができたんだ。無茶して寿命縮めるような真似はしたくねえって」

「うん。いい心がけです」

二人で笑い合った。

「わざわざルート変更させてしまい、すみません。ご協力ありがとうございます」

木乃美は感謝の念をこめて敬礼した。

箱根駅伝を支えているのは、運営に携わっている側だけではない。正月でも日常を営んでいる人たちがいて、その人たちの協力があってこそなのだと実感する。

相川は照れ臭そうに手をひらひらとさせた。

「なあに。事前にわかってるぶんにはかまわないんだ。箱根駅伝なんて毎年の日程も、コースもわかってる。だったら最初からその道を通らなければいいだけなんだから。困るのは悪天候とか事故とかだな。あれは予測ができない」

そう言って相川は、きょろきょろと周囲を見回した。

「それにしても木乃美ちゃん。こんなところで取り締まりを？」

相川が不思議がるのも無理はない。木乃美がいる場所は、特別に交通違反の起きやすいポイントでもなかった。

「まあ、そんなところです」

本当の目的を明かすわけにもいかずに言葉を濁すと、相川は意地悪そうに目を細めた。

「もしかして、サボってたんじゃないだろうね」

「まさか」

両手を振って否定する。そのとき、前方の中原街道を乗用車が横切った。大丈夫。運転席にいたのは女性だった。劉ではない。

「そんなわけないいか。木乃美ちゃんに限って、仕事サボって油売るなんてことはないよな。おれじゃねえんだから」

あははと、豪快に笑う。

「だけど木乃美ちゃんも大変だね。どうせ正月から仕事するなら、こんな地味な仕事じゃなく、華やかな箱根駅伝の警備とかやりたいよな」

「そんなこと……」

ありません、とは続けられなかった。箱根駅伝にかかわりたくなかったと言えば嘘になる。

だから正直に告げた。

「そうですね。箱根駅伝の先導は、私の目標ですから」

テレビで見た箱根駅伝の先導をする白バイ隊員に憧れて、神奈川県警を選んだ。警察官になりたかったのではなく、白バイ隊員になりたかった。実際になってみて、理想と現実のギャップに悩むこともあった。白バイ隊員の日々の業務はけっして華やかなものではなく、地道な取り締まりの積み重ねだ。ドライバーからは忌み嫌われ、違反者から罵声を浴びせられることも珍しくない。バイクに乗るのが嫌になったことはないが、最初は取り締まりに出るのが苦痛でしょうがなかった。

それでも一度たりとも、憧れが揺らいだことはない。ひたすら腕を磨き、人格を磨いて、箱根駅伝の先導役に相応しい警察官になることが、木乃美の目標だった。

休日には芦ノ湖までツーリングに出かけ、実際に箱根駅伝のコースを走って、イメージトレーニングを繰り返した。

いつか——とは思っている。

だがそれは、いまではない。

「そうか」と、相川が腕組みをする。

「木乃美ちゃんも箱根の先導を目標にしてるんだ。そうだよな。かっこいいもんな、あれ」

「今年は私の親友が、先導役に選ばれたんです」

「そりゃすごい。もう……スタートしてるけど、大丈夫なのか」

相川がちらりと腕時計に目をやる。

「六区七区と八区の途中までは、神奈川県西部を管轄する第二交通機動隊が担当しているので、私の親友が先導するのは八区の後半から十区の前半までです。戸塚中継所の手前から、多摩川を渡って東京に入るまでですね。だからたぶん、出番は十一時ぐらいからになるんじゃないかな」

「それなら、まだ二時間ぐらいあるな」

相川は安堵した様子だった。

あと二時間。

それまでに劉の身柄を確保できれば話は別だが、さすがにそれは難しいだろう。

だが潤ならきっと大丈夫だ。大役をまっとうできる。心配はしていない。

休日に出かけた芦ノ湖へのツーリング。

繰り返したイメージトレーニング。

木乃美の愛車であるホンダNC750Xには、いつだって潤のニンジャ250Rが併走していたから。

5

チャイムが鳴る。

先ほどのカップルが出ていったようだ。

「ありがとうございましたー」

北岡正勝（きたおかまさかつ）はチルドケースの棚をダスターで拭きながら声を出した。

北岡の経営するコンビニエンスストアは、横浜市港南区（こうなん）港南台にある。二十四棟からなる巨大な団地に隣接しており、横浜女子短期大学からもっとも近いコンビニということもあって、一日の売り上げが百万円を上回ることも多い。フランチャイズ加盟店の中でも優良店だということで、たびたび表彰も受けてきた。ほかのフランチャイジーからは良い噂を聞かないチェーンだが、北岡自身に限って言えば、脱サラして退職金を加盟料に注ぎ込んだことを後悔はしていない。

ただ、この店も盆と正月だけは閑古鳥だ。

短大には実家から通う学生が多く、団地の大部分を占めるファミリー世帯は田舎へ帰省するため、一帯がゴーストタウンと化す。

とはいえそういうときこそ、経営者の腕の見せどころといえるかもしれない。あらかじめ発注数を抑えて廃棄ロスを最小限に留め、棚がガラガラなのを逆手に取って、普段やりづらい場所を掃除する。三が日も今日で終わる。明日から客足が戻ってくるのにそなえて、しっかり準備を整えておけばいい話だ。

「店長。さっきのカップル、なんなんすかね」

声をかけられて振り向くと、アルバイトの加藤が、恨めしそうに自動ドアのほうを睨んでいた。

「どうしたの」

北岡は訊いた。

さっきまでレジカウンターの中でつまらなそうに突っ立っていたくせに。

いつもなら、きみがボーッとするために時給を払っているんじゃないよと嫌味の一つでも言うところだが、いまは仕方がない。正月にシフトを埋めてくれる存在は貴重だ。加藤は普段夜勤なのを、無理を言って正月だけ日勤で入ってもらったのだ。

「トイレだけ借りてなにも買わずに出ていくなんて、失礼じゃありませんか」

「そんなの、珍しいことじゃないだろう」

なにをいまさら。

加藤も大学を中退してからフリーターとして二年勤務している。けっして経験が浅いわけではない。そんな客にいちいち腹を立てていたら身が持たないことなど、よくわかっているだろうに。

「でも、なんか気持ち悪いんです。男がトイレのドアの前で、女が出てくるのをずっと待ってるんですよ。で、女が出てきたら遅いぞってキレてて。遅いって言っても、そんなに長い時間こもってたわけじゃないのに。女のほうは女のほうで、ちょっとトイレ汚しちゃったから早く出ましょうとか囁いてるんです。だからじっと見てたら、こっちを見ないようにこそこそ出ていって。信じられなくないですか」

「トイレ、汚したんだ……」

信じられないのはおまえのほうだよ、と内心で毒づく。

ようするに加藤は、さっきの客がトイレを汚していったそうですよ、と言いたいのだ。自分では汚れたトイレを見たくないし、掃除もしたくないから。

人手が足りないからって、足元を見やがって――。

北岡は立ち上がり、店の奥にある洗面所に向かった。

扉を開くと左手に鏡と洗面台、正面にトイレの扉がある。

すぐに左手の鏡がえらく汚れているのが目に入り、暗澹たる気分になった。

「なにを……」

いったいなにをしたんだ。

鏡の表面にクリーム状のものが塗りたくられている。これは事故ではなく、意図的にやったいたずらではないのか。

正月からなんてこった。

そう思って鏡に近づこうとしたとき、光の角度でクリームが浮き上がって見えた。

北岡は立ち止まり、眉をひそめる。

「字……？」

鏡面にはただ無造作にクリームが塗りたくられているのではない。なにかの字が書いてある。

目を細め、角度を変えて凝視する。

しばらくするとなにが書いてあるのか読み取れ、全身が粟立った。

思わず後ずさりして、商品の棚に背中をぶつけてしまう。

ガラガラと商品が崩れ落ち、ビンの割れるような音もしたが、北岡の視線は洗面所の鏡に釘付(くぎづ)けのままだった。

「どうしたんですか。店長」

加藤の不審げな声が飛んでくる。

「け、け、警察！」

「は？」

「警察に電話して！　早く！」

鏡に浮かび上がったのは『たすけて　110にTEL』という文字だった。

5th GEAR

1

　コンビニエンスストアを出ながら電話をかけると、数度の呼び出し音に続いて、坂巻の声がした。

『本田か。どうやった』

「たぶん劉で間違いない。劉と一緒だった女性も、両角麗奈さんだと思う」

『どういうことな。なんであの二人が……』

　なかば呆然とした口ぶりだ。

「そんなこと、私に言われてもわかんないよ」

　四十分ほど前。港南区港南台にあるコンビニエンスストアの店長から、トイレを借りに来たカップルの女のほうが洗面台の鏡に不審なメッセージを残していったと、一一〇番通報があった。近所の交番の警察官が防犯カメラの映像を確認したところ、男のほうの背格好が七里ガ浜海岸駐車場殺人事件で手配中の劉公一に似ているということで、捜査本部に連絡が行ったらしい。そこで捜査協力中のA分隊からそちらに向かうと坂巻に口添えしてもらい、木乃美は港南台のコンビニエンスストアに急行したのだった。いま防犯カメラの映像を確認してきたところだ。

二人が入店してから出ていくまでの時間は、五分足らず。劉は入店するなり店員に「便所借りるぞ」と告げ、麗奈を洗面所に向かわせた。その後ずっと苛々とした様子で、麗奈が洗面所から出てくるのを待っていたという。

鏡に書かれた文字は、リップクリームによるものだと思われる。洗面所のクズカゴから発見された、不自然にすり減ったリップクリームと、鏡に書かれた文字の香りが同じだった。

『目的はわからんが、劉のやつは両角麗奈さんを拉致した。そして幸いなことに、少なくとも四十分前の段階では、両角さんに危害を加えとらん。ほかになにかわかったことはあるか』

「劉が乗っているのは、たぶんRX-7という車。防犯カメラからは死角になっていて映像には映ってなかったけど、店員さんが見てた。好きな車種だから間違いないって」

『それは大収穫やないか』

　坂巻の声が高揚の色を帯びる。

「でもナンバーまではわからないよ」

　つまりNシステムにはかけられない。

『そうは言うても、その車はどうせ〈闘雷舞〉の関係者の所有じゃないとか』

「おそらくそうだと思うけど、うちが把握する限りでは、RX－7を所有するメンバーはいない。劉も自分名義の四輪は所有していない。もちろん、メンバーの出入りはあるだろうから、未知のメンバーが存在して、そのメンバーがRX－7を劉に貸し出しているという可能性はじゅうぶんにあるけど」

　そうなるとメンバーの割り出し作業の手間がかかる。

　坂巻はううむ、と唸った。

『とにかく、劉と一緒だとわかった以上は、うちの本部としても両角さんを無事保護できるよう、全力を尽くす。まずは近辺の検問と警備を強化するよう、上にかけ合ってみる。その上でおれは拘束中の劉のお仲間をあらためて取り調べるけん、おまえは――』

「RX－7の行方を追う」

『頼む。もしもRX－7を発見したら交通系無線にも情報を流すよう、手配しとくけん』

「わかった」

電話を切り、店の前に止めていたCB1300Pに向かっていると、スマートフォンが振動した。

山羽からだった。

「もしもし。お疲れさまです」

つとめて明るい声で応じたが、

『お疲れ。警察系無線を聞いた。両角麗奈さんは劉と一緒なのか』

絶句した。

両角麗奈が劉と一緒らしいという情報を、木乃美や谷原に伝えるべきか迷っていたのだ。本人たちは真実を知りたがるかもしれないが、二人はこれから箱根駅伝の先導という、大事な任務を控えている。余計な心配はさせたくない。

どう答えようか考えたが、山羽相手に誤魔化(ごまか)せる気もしない。

「このことを、潤や谷原さんは……?」

『まだ知らない。警察系無線を聞いたのはおれだけだ。みんなとは離れた場所で電話している。この会話を聞いている人間はいない』

ほっとした。

ならばすべてを報告して、どうするかは山羽に委ねればいい。

「いま、通報の入ったコンビニに来ています。防犯カメラの映像を見せてもらいましたが、劉と両角麗奈さんで間違いないと思います。二人は一緒です」

『港南台に二人で出没したということは、移動手段は車だな』

両角麗奈が姿を消した現場から港南台のこのコンビニまで、直線距離で七、八キロといったところか。公共交通機関では目立つから、移動手段は自動車ということになる。

「ええ。店員の証言によれば、RX－7だったそうです。ナンバーなどはわかっていません。部長が検問を強化するようにかけ合ってくれるそうです。私はこれからRX－7の行方を追います」

『そうか。わかった』気持ちを整理するようにひと呼吸置いて、山羽が続ける。

『おれたちは全チームが神奈川県を出るまで身動きできない。しっかり頼んだぞ』

通話の切れる気配がしたので、慌てて「あの」と呼び戻した。

「潤や谷原さんには、話すんですか」

『もちろんだ』

即答だった。

「でも、二人には余計なことを考えずに、先導に集中して欲し――」

山羽は遮って言った。

『箱根の先導はお飾りじゃない。レースを邪魔することなく、レースの障害となりそうな脅威を排除し、選手や沿道で応援する市民の安全を守り、イベントを無事に終えさせるのが任務だ。凶悪犯が人質を取り、横浜市内を逃走しているのなら、その事実を把握せずに先導に臨むわけにはいかない。先導に集中するために、いまそこにある脅威から目を逸らすというのは、本末転倒だ』

その通りかもしれない。

だが。

言葉を探す木乃美に、山羽がふっと小さく笑った。

『心配はいらない。川崎も谷原さんも警察官だ』

そして問いかける。

『おまえだってそうだろう？』

はっとなった。

私が優先しなければならないのは、仲間を気持ちよく走らせることか、それとも、凶悪犯の逮捕か。

答えは考えるまでもない。

「はい。私は警察官です」

きっと潤が私の立場でもこう答える。

木乃美は空いたほうのこぶしをぎゅっと握り締めた。

2

第二交通機動隊の交信に聞き耳を立てていた潤は、そばにいた谷原に告げた。

「青学が、いま〈遊行寺坂上（ゆぎょうじさかうえ）〉の信号を通過したそうです」

青山学院大は、現在一位のチーム。つまり、潤と谷原が先導するランナーだ。

〈遊行寺坂上〉からこの場所までは、およそ二キロ。一流長距離ランナーの走行ペースを一キロあたり三分と考えると、あと六分ほどでスタートということになる。

「ああ。わかってる」

　片耳にイヤホンを装着してタブレット端末に見入っていた谷原には、必要ない報告だったようだ。タブレット端末の液晶画面に流れているのは、箱根駅伝のテレビ中継だろう。

「それにしてもやっぱり青学は速いな。後続が引き離されるいっぽうだ」

「弦巻大はいま……？」

　潤の質問に、谷原はため息をついた。

「あんまり映してくれないんでどうなってるのかはわからないが、さっきちらっと映ったときにはあそこを走ってた。ほら、あそこ。わりと最近、湘南新道沿いにできたでっかいショッピングモールみたいなとこ……」

「湘南Ｔ－ＳＩＴＥ（サイト）ですか」

「そうそう。それだ。Ｔ－ＳＩＴＥ」

　いま一位の青山学院大が通過した〈遊行寺坂上〉から湘南Ｔ－ＳＩＴＥまでは、三キロ近くも離れている。また少し差が開いたようだ。

「順位は？」

「十四位にまで落ちたみたいだ。まあ、順位なんかより、無事に走り切ってくれればそれでいいんだが」

　そう言う谷原は、だが少し残念そうだ。

「せめて十区のスタート前に、心配事をなくしてあげたいですね」

「そうだな。それができればなによりだが」

　谷原が曖昧な笑みを浮かべながら、肩をすくめた。

　両角雅志のことだ。

　行方不明の両角麗奈は、なぜか劉と行動をともにしているらしい。麗奈はコンビニエンスストアの洗面所の鏡に、救いを求めるメッセージを残していた。

　山羽から話を聞いた谷原はしばらく迷っていたようだったが、結局は包み隠さずに現状を伝えることにしたらしく、雅志に電話をかけた。これから一世一代のレースに臨む大学生にはあまりに過酷な報告だが、それでも最悪の場合を考えると、なにも知らないままレースに臨ませるわけにはいかないと判断したようだ。潤も同感だった。

　谷原から妹の状況を聞かされた雅志は、しばし絶句していたという。

「雅志くんは、走るんですか」

「ああ。そのようだ。箱根はもはや自分だけの夢ではない。これまで自分を支えてくれたみんなの夢だし、麗奈の夢でもあるからって言ってた。まったく、父親に似て頑固なやつだ」

谷原が苦笑する。

「チームメイトには」

その質問には、谷原はかぶりを振った。

「監督と相談した結果、不要な動揺を与えるのを避けるためにも、黙っておくことにしたらしい」

チーム戦でありながら、雅志は孤独な戦いを強いられることになる。

「劉の車はＲＸ－７らしいな」

「そうです」

「せっかく久しぶりに白バイに乗るのに、自由に身動きできないってのは、皮肉なもんだな。ただ駅伝のコースを走るだけか」

谷原が本当に悔しそうに顔を歪める。

「いいえ。違います」

潤がきっぱりと言い切ると、谷原は虚を突かれたようだった。

「私たちはただ走るんじゃありません。ランナーや沿道の人たちを守るんです。私たちがしっかり箱根駅伝を運営することで、運営に直接かかわっていない同僚は、安心して劉の捜索に専念できます」

しばらく放心した様子だった谷原が、やがて唇の端を持ち上げる。

「たしかにおまえの言う通りだ。仲間が必ず劉を見つけ、麗奈ちゃんを救い出してくれる。それを信じるなら、おれたちにできるのは先導役をしっかりやり遂げることだ」

「駅伝と同じです。自分の役割をはたすことに専念して、想いという襷を、仲間に託すんです。自分がゴールテープを切れなくても、仲間がきっと頑張ってくれると、いまは信じるしかありません」

「川崎……」

「なんですか」

「おまえ本当に、本田の影響をだいぶ受けているみたいだな」

「バレました?」

潤は自分の後頭部に手をあて、はにかんだ。

話をしている途中から、これはまるで木乃美が口にしそうな台詞だと自分でも思っていた。まるで木乃美が憑依(ひょうい)して、自分の口を借りて勝手に喋っているような。

「わかった。しっかり先導役をつとめ上げよう」

谷原の表情から迷いが消えた。

先頭のランナーが、県道三〇号線から国道一号線への合流地点まであと二〇〇メートルというところまで迫ったという無線連絡が入る。こうなるともうすぐだ。

潤と谷原は各々のCB1300Pに跨り、駐車場の出入り口に向かった。あちこちから同僚たちの激励の声が飛んでくる。

駐車場の出入り口では、A分隊の仲間たちが待ちかまえていた。

「しっかりやれよ」

元口がばしばしと肩を叩いてくる。

「おまえ、これから大事な任務に臨む川崎に、そんな乱暴な真似するな」

梶は心配そうだ。

「大丈夫ですよ。こんなんで怪我するようなヤワなやつなら、最初から箱根の先導なんて選ばれてませんから」

「そういう基準で選ばれたわけじゃないだろ」

言い合う二人をよそに、山羽が歩み寄ってくる。

山羽はおもむろに右手を差し出してきた。

「おまえを誇りに思う」

予想外の行動に、潤はしばらく差し出された手をきょとんと見つめた。

ふいに胸が熱くなる。

潤は山羽の右手を、しっかりと握り返した。

「後からおれたちも白黒パトカーで警備につく。忘れるな。おまえは一人じゃない。おまえの後ろにはおれたちがいる。おまえたちの後を、おれたちが走る」

「班長……」

「忘れるなよ」

「わかってます」

「沿道にかわいい女の子がいたら、ちゃんと無線で報せるんだぞ」

「はあっ？」

「おまえもおれとずっと一緒に仕事しているからよくわかっていると思うが、最近のおれのマイブームはグラビアアイドルの岸本明日香ちゃんだ。岸本明日香ちゃん似の子を沿道で発見したら、すぐさまおれに報告――」

「しません」

握手から思い切り手を引き抜いた。ちょっと泣きそうになってしまった時間を返してほしい。いつもながら、この人の発言はどこまで本気なのかわからない。おそらく、部下の緊張を解くための冗談なのだろうが……そう願いたい。

潤と同じように、後輩たちに囲まれていた谷原が、そろそろいいかと目顔で訊ねてくる。

潤は頷き、アクセルをひねった。

国道一号線の沿道には多くの人垣が、東京方面へと向かうランナーたちをいまかいまかと待ちかまえている。

谷原と並んで国道一号線の手前まで走ると、白バイに気づいた沿道の見物人たちから拍手が湧き起こった。

あ、私、緊張してる――。

ふいにそう自覚した。

ハンドルから右手を離し、グローブに包まれた手の平を見る。

そのまま開いたり閉じたりしてみた。

たしかに自分の手だ。自分の意思を反映して動いている。

だがどことなく、それが自分の肉体ではない気がした。こんな感覚は人生で初めてだ。

大丈夫だろうか。

ちゃんと任務をはたせるだろうか。

不安に包まれ、呼吸が浅くなる。

あれ、ヤバい？

「大丈夫だ」

潤の心を見透かしたように、谷原の声がした。

顔をひねると、谷原は目尻に皺を寄せた。

「おまえ一人で走るんじゃないだろ」

そうだ。私は一人じゃない。

谷原も隣にいるし、A分隊の仲間も応援してくれている。

そして、木乃美――。

私がいまこうしているのは、木乃美のおかげだ。

木乃美と出会わなければ、ずっと一人で走っていた。それを苦痛と感じることもなかったし、これからも一人で走っていく。そう思っていた。走りとは自分と向き合う行為で、他人は関係ないと思っていた。だから仲間なんていらないと思っていた。

「あんたのぶんまで」

そう呟くと、不思議と身体の震えが収まった。ふわふわと宙に浮きそうな感覚だったのが、落ち着いてくる。静かに地面に着地する感覚だった。

潤は目を閉じ、深く息を吸い、ゆっくりとそれを吐き出した。

さまざまな音が聞こえる。沿道を埋めた見物人たちの話し声や足音、交通規制のされていない下り車線を走行する車の排気音。潤の耳は、その中から近づいてくる、二台のＣＢ１３００Ｐの排気音を探し当てる。復路のスタート地点からここまでランナーを先導してきた、第二交通機動隊所属の白バイだ。

二つの排気音は五〇〇メートルほど先からこちらに向かい、時速二〇キロほどのスピードで進んでいた。先頭のランナーは快調に飛ばしているらしく、まったく速度にぶれがない。もちろん、それは先導役をつとめる白バイ隊員のすぐれた技術をも表している。

さすがだ、と潤は思わず吐息を漏らす。

第二交通機動隊の先導役は、今年の全国白バイ安全運転競技大会に出場し、上位入賞をはたした二人だ。大会での走りを潤も観戦していたが、重たいマシンを手足のごとく操るやわらかいライディングに、自分が非力な女性であることが悔しくなったものだ。男女の部が分かれていたからこそ、潤も全国大会に出場できたし、そこで二位という好成績を収めることもできたが、はたして男女の別なく競い合った場合にはどうなっていただろうと、考えさせられた。

でも――。

「私だって」

神奈川県警の代表だ。

A分隊を、第一交通機動隊を代表して走る。

みんなの想いを背負って。

想いという襷を受け取って。

二つのエンジン音は、もうすぐそこに迫っている。

あと三〇メートル……二〇メートル……一〇メートル……。

二台の白バイがコースを外れて左折してくる。

「行くぞ」

「はいっ」

谷原と潤は二台並んで国道一号線に左折で入り、先導を開始した。

3

「──刑事さん？」

怪訝（けげん）そうに覗き込まれ、坂巻透ははっと我に返った。

鎌倉にある高級マンションの一室だった。広々としたリビングに洒落（しゃれ）た家具が余裕を持って配置されており、生活感の乏しい空間だった。部屋数も多いらしく、玄関からリビングに通される途中の廊下には、いくつもの扉が並んでいた。

坂巻の目の前のソファーには、若い三人の男女が座っている。

両角麗奈の友人の、篠田紗世、篠田紗世の大学の先輩の柳健斗（けんと）、そしてその友人である島崎佳史だった。両角麗奈が劉と一緒らしいことがわかったため、彼女が姿を消したときの状況を聞きに来たのだった。

「私の話、聞いてましたか」

篠田紗世の上目遣いには、こんなときにスポーツ中継を気にするなんて、という不信感がこもっていた。

坂巻は先ほどまで、三人の背後にある四〇型の液晶テレビに意識を奪われていた。

そこでは坂巻が訪ねてきたときから、箱根駅伝の中継が流れている。画面には一人旅となった先頭・青山学院大の走者が映っていた。そして画面の下のほうで見え隠れする白いヘルメットに赤のウェアは、潤だった。先ほど一瞬だけ顔が映ったのだ。とうとう始まったかと、ついテレビ画面のほうに注意を向けてしまった。

大変な状況でのスタートになってしまったが、あの様子だと大丈夫か。潤は気合いの入った良い表情をしていた。

内心で安堵しつつ、坂巻は手刀を立てる。

「ああ。聞いとりました。すみません。それでは両角さんがこのマンションを飛び出した理由については、心当たりがないということですね」

「さっきから何度もそう言ってますよね」

紗世はややむくれながら答えた。

「まったく思い当たるふしがないとですか。ほんのちょびーっとも」

人差し指と親指で輪を作り、指同士の間を少しだけ開ける。

「だからないんですってば！　いい加減にしてください！」

間違いなくこいつらは嘘をついていると、坂巻は確信した。昨夜まで一緒だった友人が殺人犯に拉致されているというのに、捜査に協力するというよりは、早く刑事に帰って欲しそうだ。なにかを隠している。

こういうときには女のほうが腹が据わっているものだ。

坂巻は追及の矛先を男たちに向けることにした。

「柳さんはどうですか。両角さんがマンションを飛び出した理由について、なにか心当たりは」

柳は小さくかぶりを振った。

「ないです」

「島崎さんは」

「僕は……彼女に昨夜初めて会ったんで」

「会ったんで、なんですか」

やや強めに訊き直すと、島崎は怯(おび)えたような顔になる。

「ないです。彼女のことは、よく知りません」

いかにも挙動不審だ。攻めるならこいつか。

「だけど、最初は楽しく飲んどったとですよね。それが、最後には両角さんが怒ってここを飛び出していくことになった。しかも、荷物は置きっぱなしやったとでしょう」

「宅配便で送ってくれと、電話で言っていました」

答えたのは紗世だったが、坂巻はあくまで島崎の顔を見ていた。

島崎はなぜ自分ばかりを見るのかという感じで、視線を泳がせている。

「島崎さんはどう思われますか。初対面やからよく知らんと言われましたが、だからこそ見えてくることもあると思います。なんで彼女は怒り出したとでしょう。予想でかまわないので、意見を聞かせてもらえんですか」

「そ、それは……」

島崎が救いを求めるように柳を見た。

だが柳はその視線に気づかないふりを決め込んでいる。

「っていうか、それって事件に関係なくないですか。早くその暴走族の男を捕まえてください。そいつ、人殺してるんですよね。早くしないと麗奈も殺されちゃう」

やはり紗世だけは攻撃的だ。

「事件に関係あるかどうかは私たちが決めます。劉は昨晩、このマンションの近くで両角さんを待ち伏せていたと思われます。なんらかの強い恨みに基づく犯行である可能性が高い」

「なんで栃木住みの麗奈が、横浜の暴走族に恨まれないといけないのよ」

「そのへんの関連については現在調査中ですが、げんに劉は麗奈さんを拉致しとるとです。人を殺して警察から逃げ回っとったはずの男が、捕まる危険を冒してまでこのマンションの外で待ち伏せて。その原因を探れば、解決の糸口が見つかるかもしれんと思います」

「思います、じゃないわよ。呑気なこと言ってないで早く見つけてよ。その原因ってやつを」

「隠し事されとったら、見つかるものも見つからんとです」

きっぱり言い切ると、紗世が不服そうに唇を歪めた。

「さっきあなたもおっしゃったように、劉は人を殺しとります。大変危険な男です。早いとこ手を打たんと、両角さんの生命に危険が及ぶ可能性がある。友達の命より大切な秘密なんぞ、あるとですか」

「だから事件には関係ないって言ってるじゃない」

ということは、やはりなにかを隠しているのだ。

坂巻は語気を強めた。

「それを決めるとは警察たい！」

三人の男女の肩がびくんと跳ねる。

やがて紗世が、ふて腐れたように二人の友人男性のほうを向いた。

「もう話していい？」

二人の男がはっとした顔になる。

だが、いいとも悪いとも言えないようだ。そうやって言及すること自体が、秘密の存在を肯定することになる。

それでも柳は、やめておけという感じに、小さくかぶりを振ってサインを送っている。

「別にいいじゃない。最後までしたわけじゃないんだし」

「し、したって、なにを」

坂巻が訊くと、

「セックス」

あまりにさらりと口にされ、大人のほうが少しドギマギしてしまう。

「ど、どういうことですか」

「島崎くんが麗奈としようとしたら、麗奈がキレちゃって、それで出て行っちゃったの。後で電話したんだけど、ぜんぜん怒りが収まらないみたいで、警察に言うとかなんとか言ってたから、もういいかなって」

一瞬、唖然となった。

「それは強姦未遂ってことじゃないか」

「そんな大げさなものじゃない。最後までしてないし」

ねえ、と確認され、島崎が頷く。

「あの子、おれの手に噛みついてきたんだ。マジで痛かったよ」

「凶暴だよね。なにもそこまでしなくても。だいたい、男の部屋に泊まっている時点でなにされても文句言える立場じゃ――」

自分勝手な論理で自己弁護を繰り広げる柳を、坂巻は一喝した。

「なに言うとるとか！　他人の嫌がっとることを無理やりやろうとしたら、その時点で犯罪たい！　おまえらはお勉強はできるくせに、その程度の想像力も思いやりもないとか！」

紗世は不服そうにそっぽを向き、ほかの二人は肩をすぼめて小さくなる。

そのとき、どこかから振動音が聞こえた。

柳がスマートフォンの液晶画面を確認し、驚いたように目を見開く。

「どうしたとや」

「いえ。なんでも……」

そういう柳は、とてもなんでもないようには見えない。

「人の命がかかっとるとですよ。これ以上、変に隠し立てはしないでください」

念を押すと、柳は困り果てたように島崎を見る。島崎のほうは、おれにばかり責任を押し付けるなとでも言いたげな表情を返していた。

「いまのは誰から」

「は、母です」

嘘だと直感したが、正攻法で押しても正直に話すことはなさそうだ。

「両角さんになにかあったら、おまえたちのせいぞ」

「なんでよ」

ぼそりと反論する紗世に、まったく反省の色は見えない。

柳と島崎はまだなにかを隠していそうだ。互いに視線で牽制し合っている。警察の取調室にでも閉じ込めてしまえばすぐに落ちそうだが、そこまでする法的根拠も時間もない。

ひとまず柳の部屋を出て、峯の携帯電話を鳴らした。エレベーターで地下駐車場におりながら、事情聴取の結果を報告する。

『――それじゃ両角さんは、島崎という男に強姦されそうになったから、深夜にそのマンションを飛び出したってことか』

　峯は心底あきれたようだった。

「そういうことらしいです。その後、篠田紗世が電話をかけたものの、駅まで歩いて帰ると言うて聞かんかったので、そのまま放っといたと言うとりました。そら両角さんとしては、自分を襲った男のおるところになんて戻りたくないでしょう」

　話をするうちに、収まりかけていた怒りがぶり返してくる。なんて連中だ。

『なるほどな。だがそういうことなら、劉とのつながりは見つからなかったってことか』

　少し残念そうな口ぶりだった。

「でもあいつら、ぜったいにまだなにか隠してます。態度がおかしいとです」

『なにか隠してる……ねえ』

　しばらく考えて、峯が言う。

『たとえば、余罪があるとかじゃないか。両角さんの件にかんしては、未遂に終わっているし、よほどのことがない限り、被害届を出されることもないだろう。あまり自分たちから進んで話すことじゃないかもしれないが、両角さんの生命がかかっていると思えば、それぐらいはしゃべる。だが、被害者が両角さんだけでなかったとすれば？』

坂巻は目から鱗が落ちる思いだった。

なにげない口調だが、さすが尊敬する敏腕刑事だ。

「そうか。そうですね。未遂に終わったのではなく、完遂された犯行があると考えれば、あの非協力的な態度や挙動不審な言動にも合点がいきます」

ほかにも犯行に及んでおり、それらが両角麗奈のケースのような未遂ではなかったとすれば、そしてそれらが警察の手で明らかにされ、立件されれば、柳と島崎は人生を棒に振ることになる。両角麗奈を救おうという気持ちより、我が身かわいさのほうが先に立つだろう。

『性犯罪は病気みたいなもんだからな。一件だけやって終わり、なんてことはまずない。おおかたこれまでに同じようなことを繰り返して、相手が泣き寝入りするような成功体験を重ねたから、犯行のハードルが下がっていたんだろう。だから両角さんに手を出そうとした……まあ、現段階ではすべてが憶測に過ぎないが』

峯は慎重な物言いをするが、坂巻にはかなり信憑性の高い推理に思えた。

思い出してみると、ファッション雑誌のグラビアページのようなお洒落な内装やインテリアのたぐいも、ひたすら女性受けを狙ったもののように思える。柳の父親名義のマンションというが、とても家族で使用しているような雰囲気ではなかった。実質、柳が自由に使える部屋で、このマンションに次々と女性を連れ込んでは、乱暴を働いていたのではないか。

そういえば車もそうだったと、坂巻は地下駐車場を見回した。

たしかシルバーのＢＭＷだった。

七里ガ浜海岸駐車場殺人事件で第一通報者だった両角麗奈に話を聞くときに、駐車場に止まっているのをちらっと見かけ、大学生のくせにこんな良い車を乗り回すなんて大層なご身分だなと、嫉妬混じりの羨望を抱いたものだ。

一部屋につき一台ぶんのスペースが割り当てられているらしく、地面に引かれた白い枠の中には、部屋番号らしき三桁の数字が書かれていた。止まっている車はどれも高級車ばかりだ。

そして柳の部屋番号の書かれた枠内に止まった車を見て、坂巻は「あれ」と声を漏らした。

『どうした？』

「いや、別に……」

そう答えながら、坂巻は首をかしげた。

四日前に見た車と違う？

だが車の色も、ＢＭＷのエンブレムも同じだ。違うのは、屋根がない点だ。四日前に見たときにはあったはずの屋根が、いまはない。

「オープンカーだったのか……」

『オープンカー？　なにがだ』

電話口で峯の不審そうな声がする。

そのときふいに、坂巻の中で閃きが弾けた。

午前三時に、殺人事件の被疑者に拉致された女子大生。女子大生がそんな時間にマンションを飛び出したのは、男子学生に襲われそうになったからだ。男子学生にはおそらく余罪がある。そして男子学生が乗り回しているのは、一見してそうだとわからないＢＭＷのオープンカー。

まさか……いや、でもそう考えると辻褄が合う。

『おい、どうした。坂巻』

「峯さん。わかったかもしれません……劉の狙いが」

『なんだと？』

峯の声が驚きのあまり裏返った。

4

対向車線を走ってきたRX－7に、木乃美は一瞬目を見開いた。

だが運転席でハンドルを握る眼鏡(めがね)をかけたサラリーマンふうの男の顔は、全身から剣呑を発散するような劉の風貌(ふうぼう)とは似ても似つかない。

緊張はすぐに弛緩し、期待に持ち上がった両肩はがくんと落ちる。

ところが今度は左耳に装着したイヤホンからのラジオ音声に、息を止めて聞き入った。イヤホンはポケットのスマートフォンにつながっている。スマートフォンではラジオ放送を聴取できるアプリを起動させていた。

『――さあ、戸塚中継所。一位青山学院が通過してから、まもなく十五分が経過しようとしています。そろそろ繰り上げスタートも視野に入ってくるところ。現在は十三位の山梨学院大学までが、戸塚中継所で襷をつないでいます。残るチームは七つ。なんとか二十分以内に戸塚中継所を通過し、襷をつなぎたい。九区のスタートラインには、山梨学院大の大貫(おおぬき)、弦巻大の真鍋(まなべ)が出てきました。往路八位と大健闘を見せた弦巻大ですが、じりじりと順位を落として現在十五位。シード権獲得を目標に箱根に乗り込んできた新鋭弦巻大ですが、苦しいレース運びを余儀なくされています。弦巻大の友永監督は言いました。うちには陸上エリートはいません。雑草軍団なんです。だが雑草には雑草の強さがある。踏まれても踏まれても、大地に強く根を張って……あ、弦巻大の与那覇がスパート！　いま山梨学院の山岡を抜き去りました！　弦巻大が十四位に復帰。そのまま九区真鍋に襷をつなぎます。続いて山梨学院――』

弦巻大は無事に襷をつなぐことができたようだ。ほっと安堵の息をつく。

木乃美の白バイは、上郷西ケ谷団地付近の環状四号線を走っていた。

劉の車種こそ特定できたものの、ナンバーも逃走方向すらもわからないのでは捜索のしようがない。あてもなく流して偶然、逃走車両に出くわすのを期待するなんて、あまりに勝率の低い賭けだった。

だが、いまは確率が低くてもやるしかない。なにかしていなければ、罪悪感に押しつぶされそうになる。昨日、自分が劉を取り逃がさなければ、こんなことにはならなかった。両角麗奈は怖い目に遭わずに済んだのだ。

信号待ちで停車しているときに、ふいにラジオ音声が途切れ、着信音が響く。

坂巻から電話だ。

バイクを道の端に寄せて止め、応答した。

「はい、もしもし」

『本田。いまどこにおる』

「どこって」木乃美は周囲を見回した。たしかこのあたりは栄区だったはずだが。

「山手学院入口」

目に入った信号の補助標識を読み上げると、坂巻はすぐにその場所がどこかわかったらしい。

『よかった。そう遠くないな。すぐに鎌倉まで来い』

「鎌倉？　どうしたの」

『劉をおびき寄せた』

「えっ……えっ……どういうこと？」

わけがわからない。

『劉の狙いがわかったとたい』

「本当に？　被害者との関係がわかったの？」

『いいや。ガイシャとは無関係やということがわかった』

「どういう意味？　話がぜんぜん見えてこないんだけど」

『言葉通りの意味たい。ガイシャと劉、そして〈闘雷舞〉はなんの関係もなかったし、面識すらもなかった。ガイシャは人違いで殺されたとたい』

坂巻によると、柳と島崎という二人組は、若い女を鎌倉の高級マンションに連れ込んでは、乱暴することを繰り返していたらしい。

『本人たちは強姦したのは三回とか言うとるが、正直に申告しとるとは思えん。手口がこなれとる。被害に遭(お)うて泣き寝入りしとる女性は、もっとたくさんおるやろうな。まあ、余罪についてはおいおい明らかにするとして、その三回の被害者の中に、則本亜里沙が含まれとった』

「則本……」どこかで聞いた名前だと一瞬考えて、思い出した。

「則本亜里沙って、劉の交際相手の！」

『そうたい。本人に問い質(ただ)したところ、柳と島崎の二人に襲われたことを認めた。横浜市内のゲームセンターで友人女性と二人で遊んでいたところに声をかけられ、柳の車に乗ってしまったそうだ。彼女は年末に勤務先のガソリンスタンドを無断欠勤して、そのまま辞めとる。一つの仕事を長く続けられない性格なのかと思うとったが、どうやら無断欠勤する前日に襲われ、ショックで引きこもってしまっとったというのが、真相らしい』

ふいに記憶が蘇(よみがえ)った。

「あの怪我……」

則本亜里沙の目の周囲と手首にあった痣のことだ。

『そう。あれは劉に暴力を振るわれたんじゃなかった。柳と島崎にやられたとたい』

「そうだったんだ……」

『則本亜里沙は、友人女性と一緒に襲われた。どうも劉が乗り回しとるRX－7は、その友人女性のほうの人脈から調達したやつみたいやな。いまうちの捜査員が、車両の特定を進めとる。つまり、恋人が強姦被害に遭ったことを知った劉は、柳と島崎に復讐しようとしとるとたい。両角さんを拉致したのは、ようするに人質やな。両角さんのことを、柳か島崎の恋人やと誤解したようだ。柳の携帯に、両角さんを返して欲しければ連絡をよこせという、劉からのメールが届いとった。両角さんのスマホから送られてきとる。警察に連絡したら、自分の恋人にしたこと以上のことを、両角さんにしてやるという脅し文句も添えてな。柳と島崎のやつら、両角さんの身を案じとったわけじゃなく、自分たちのやったことが公になるのを嫌って、劉からコンタクトがあったことを警察に伏せとったらしい。その証拠にやつら、劉からのメールに一切返信しとらん。篠田紗世は、二人のこれまでの犯行については知らされとらんかった。まったく、下衆にもほどがあるたい』

憤懣やるかたないといった口調でまくし立てる坂巻を、「ちょっと待って」と止めた。

「七里ガ浜海岸駐車場殺人事件の被害者の佐古田さんは、柳か島崎と間違われて殺害されたってことよね」

『そうたい。あの日、両角さんが事件を目撃したのは偶然じゃなかった。一緒に七里ガ浜に出かけた柳が、本当のターゲットやったとやけんな』

「だけどどうして、劉たちは佐古田さんを柳と間違えたの。たしかに現場周辺は暗かったから、はっきり顔までは確認できなかったのかもしれないけど」

ただ同じ駐車場に車を止めていたというだけで？

『その理由は、ルーフたい』

坂巻の声が、やや得意気にうわずる。

「ルーフ……って、屋根？」

『ああ。ガイシャが乗っていたのはマツダのロードスター。柳が乗っていたのはBMW4シリーズのカブリオレ。二台に共通するのは、屋根が開いてオープンカーになるということたい。則本亜里沙は、柳の車はオープンカーだと、劉に伝えた。ナンパされたときに、得意げにルーフを開閉してみせたのが、印象に残っとったようやな。そして事件の日、マンションを出た時点でも、ＢＭＷのルーフは開いとった。だが女性が二人乗っとったけんやろうな。七里ガ浜駐車場に着いたときには、ルーフは閉じとった。いっぽう、ロードスターのルーフは開いとった』

「嘘……」

啞然となった。

そんな些細な偶然のせいで命を奪われることになったなんて、被害者が気の毒すぎる。

『犯行グループの一人だった岸丈太郎の供述によれば、あの日、マンションから出てきた時点でＢＭＷのルーフはオープンだったらしい。ワンボックスカーで待ち伏せとった犯行グループだったが、途中でＢＭＷを見失ってしまったようだ。しばらく周辺を走り回って、七里ガ浜海岸の駐車場に駐車するオープンカーを発見した』

だがそれは、探していたＢＭＷカブリオレではなく、ロードスターだった。

「誤って別人を殺してしまったと気づいた。だからあらためて復讐しようとしているのね」

『そういうことたい。則本亜里沙の話によると、劉のやつ、翌日のニュースを見て間違いに気づいたという話や。まったくあきれるほかない。それにあいつら、自分らが死なせてしもうた、なんの非もない被害者のことなんていっさい考えとらん。ねじくれた被害者意識のかたまりたい。交機はよくもまあ、日常的にあんなどうしようもない連中を相手しとるな。あんないくら取り締まったところで、反省も更生も期待できんぞ』

「好きで取り締まってるわけじゃないよ」

そう言って木乃美は、話を戻した。「で、鎌倉に行けばいいの」

『おお、そうやそうや。柳のスマホから、劉のメールに返信させたとたい。一度会うて話がしたいけん、マンションに来てくれ、とな。劉からは、わかったと返信があった。いまどこにおってどれぐらいでこっちに着くのかまでは、怪しまれたらいけんから突っ込めんかったが、劉としても望んどった申し出やろうけん、それほど時間もかからんでやってくるやろう。さすがにワッパかける役は譲れんが、おまえにとっても因縁の相手やし、逮捕の瞬間に立ち会わせてやる。早う来い』

「わかった」

詳しい住所を聞いて、電話を切る。

両角麗奈にたいしてなにも危害が加えられていませんようにと、祈るような気持ちでシートを跨いだ。

環状四号線を走って市境を越え、横浜市から鎌倉市に入る。

すると鎌倉女子大前の信号を右に入ろうとしたところで、交差点内で右折待ちしていた赤いセダンとすれ違った。

――と、次の瞬間。

「えっ……？」

木乃美は反射的にフロントブレーキを強く握っていた。

いまの車の運転席にいたのは、劉じゃなかったか？

5

「あれじゃないでしょうか」

北鎌倉署の若手刑事課員が指差す方向に、坂巻は目を細めた。

手でひさしを作り、じっと見つめる。

山肌に建てられた家々の隙間を縫うように曲がりくねる道をのぼってくるのは、

たしかにRX－7だ。

『こちら原口（はらぐち）。RX－7、通過しました。手配車両とナンバーも一致します』

イヤホンから聞こえる声は、県警本部捜査一課の後輩刑事のものだ。山道の途中に潜ませ、通行車両を見張らせていた。

「両角麗奈さんは一緒か」

スーツの襟を掴み、インカムのマイクに語りかける。

『いえ。ここからだと、姿は確認できませんでした。運転席に男が一人だけのように見えましたが』

「後部座席もしっかり確認したか」

『もちろんです。誰も乗っていません。もっとも後部座席に寝かされていたりしたら、外からは見えませんが』

人質がいない？

どういうことだ。

ほどなく、RX－7がマンションに近づいてくる。

その瞬間、運転席でハンドルを握る男の顔を見て、坂巻はあれ？　と首をかしげた。

だが坂巻が違和感を言葉にするよりも先に、隣にいた若手刑事課員が手で合図を送った。あちこちに潜んでいた四台の覆面パトカーが同時に発進し、ＲＸ－７を取り囲む。

前後に動いて覆面パトカーに体当りしようとしたＲＸ－７だったが、完全に包囲され、バリケードを突破することができない。

やがて運転席の扉が開き、男が窮屈そうに身をよじりながら出てきた。

しかし多勢に無勢だ。すぐ捜査員に囲まれ、逃げようとする。

覆面パトカーの屋根をよじ登り、取り押さえられる。

駆け付けた坂巻を見上げ、男は不敵に笑った。

坂巻は目を見開き、呆然と呟く。

「ちっ……違……」

違う。男は劉ではない。

犯行グループの一員で、劉と同じく手配中だった、淡口智だ。

「きさん、劉はどうした！　両角さんはどこな！」

胸ぐらを摑んで恫喝する。

ふと、淡口の左耳からコードがのびているのに気づいた。

乱暴にコードを引っ張ると、淡口のポケットからスマートフォンが飛び出してきた。液晶画面には『通話中』と表示されていた。

通話相手の名前として表示されているのは『劉公二』という名前だ。

淡口が突然、大声で叫ぶ。

「あいつらやっぱ警察に通報してましたよ！　約束を破ったんです！　劉さん！　もうその女、やっちまってくださいよ！」

とっさに淡口の手を塞いだが、すでに言い終えた後だった。

急いでスマートフォンを拾い上げ、呼びかける。

「おい、劉！　馬鹿な真似はよせ！　彼女は柳や島崎とは交際しとらんぞ！　まったく無関係の人間を、二人も殺す――」

すでに通話が切れていることに気づき、全身から血の気が引いた。

6

小道路旋回して赤いセダンの後ろにつきながら、木乃美は首をひねった。

見間違いだったのだろうか。

劉が乗っているのは、RX－7のはずだ。

前を走る車のリアバンパーには、インプレッサというロゴが確認できる。

念のために拡声で呼びかけてみた。

「赤のインプレッサの運転手さん、左に寄せて止まってもらえますか」

助手席で人影が振り返ろうとする。

すれ違う一瞬のことだったので一〇〇％の確信まではないが、助手席に座っていた女性も、写真で見た両角麗奈によく似ていた気がした。

こちらを振り向いてくれれば確認できると思ったが、運転席の男の左手が、女性の右頬を叩いた。

そしてインプレッサも加速する。

おそらく劉と両角麗奈で間違いない。

確信した木乃美はサイレンスイッチを倒し、緊急走行で追尾を開始した。

「交機七八から神奈川本部！　職務質問しようとしたところ、逃走した車両を追跡中！　逃走車両は栄区桂町（かつらちょう）付近の県道二一号線を北に向かって走行中！　逃走車両は赤のインプレッサ。ナンバーは横浜〈さ〉〇〇－××。たったいま〈鍛冶ケ谷（かじがや）〉の信号を通過！　至急、応援願いたい！」

　すると、意外な声が反応した。

『本田か』坂巻だった。

「部長？」なぜ坂巻が。

『所轄のＰＣの無線を借りとる。いま赤のインプレッサを追っとるとか』

「そう！　なんでかわからないけど、ドライバーは劉だと思う！」

『だと思う、じゃなくて、間違いなく劉たい。劉のやつ、柳が本当に警察に通報しとらんか確かめるために、淡口を身代わりによこしおった。インプレッサは淡口が友人から借りて調達したもんたい』

　淡口。劉と並んで行方のわからなかった犯行グループの一員の、淡口智か。

『いいか、本田。ぜったいに見失うな！　もし見失えば、警察に通報されたのを知った劉が、両角さんになにするかわからん！』

　いきなりそんな危機的状況に放り込まれるなんて。

　でも。

「わかった」

　やるしかない。両角麗奈さんを救えるのは、いまは私だけなのだ。

〈清水橋〉の交差点を左折したインプレッサは、いっそう速度を上げた。

ここからは長いのぼり坂だ。

片側二車線ずつの道路を、インプレッサは頻繁に車線変更しながら先行車両を避けていく。木乃美もぴたりとついていった。いくら足回りがよくても相手は四輪だ。そう簡単に引き離されることはない。

大通りでは引き離せないと悟ったのか、インプレッサは途中で急ハンドルを切り、住宅街へと飛び込んだ。

低い屋根の一戸建てが建ち並ぶ住宅街は、整然と区画されている。先ほどまでより道幅は狭くなったが、道路自体は真っ直ぐで、視界も良好だ。それをいいことにインプレッサはまったく速度を緩めない。時速八〇キロ近いスピードが出ている。

このままではまずいと、木乃美は思った。

劉は左右からの飛び出しという可能性をまったく想定していない。かりに想定していたところで、この速度では対応は不可能だ。

そう思った矢先、左から自転車の鼻先が覗いた。

「危ない！」

だが木乃美のサイレンに気づいたのか、自転車はさっと後退してことなきをえた。

四つ辻を通過する瞬間、ちらりと左を確認する。

自転車に乗っているのは、中学生くらいの少年だった。ハンドルを握ったまま、猛スピードで目の前を横切るインプレッサと白バイに呆然としている。

ふうと肩の力が抜ける。

それにしても危なかった。

インプレッサはおそらく、左から進入してくる自転車に気づいていたはずだ。にもかかわらず、まったく避ける素振りを見せなかった。

すると今度は、三〇〇メートルほど先で、老婆が道を右から左へと横断しようとしているのが見えた。車のほうが止まってくれると決めつけているようで、迫り来るインプレッサを一顧だにしない。

木乃美は拡声ボタンを押した。

「お婆ちゃん、危ないよ！」

だが老婆は耳が遠いのか、こちらに注意を向けようともしない。おぼつかない足取りで、対向車線を右から左へと歩き出している。

「お婆ちゃん！」

やはり老婆は反応しなかった。

インプレッサのほうも、スピードを緩める気配はまったくない。

迷う間もなく、木乃美は対向車線に入り、スロットルを全開にした。

姿勢を低くして向かい風をやり過ごし、インプレッサを抜き去る。もしもこの瞬間に左右の道から進入してくる車両があれば、自分は一巻の終わりだ。まず助からない。だがこのまま放っておけば、インプレッサは躊躇（ちゅうちょ）なく老婆を撥（は）ねるだろう。

木乃美は恐怖を圧して、アクセルを開き続けた。

あっと言う間にインプレッサを置き去りにし、差を広げる。

そして素早くアクセルを戻し、ブレーキレバーを握った。

同時にリアブレーキも踏み込む。

バランスが崩れて転倒しないようにタイヤを立て、懸命に姿勢を保つ。

あっと言う間に老婆の姿が近づいてくる。

老婆は二メートルほどの対向車線の、真ん中付近に達しようとしていた。下手（へた）をすれば白バイが市民を撥ねるという大惨事を招きかねない。

リアブレーキで荷重配分を保ちつつ、フロントブレーキをいっぱいに握り込む。

アスファルトと擦れたタイヤが悲鳴を上げる。

止まれ！　……止まれ！

老婆の横顔はもう目前だ。

このままでは衝突する！

木乃美はたまらず、ステアリングを軽く左に切った。

その拍子にぐらついた車体が転倒しそうになる。暴れるハンドルを懸命に制御する。

「止まってえええっ！」

すると木乃美の願いが通じたように、ＣＢ１３００Ｐはセンターラインを少し跨ぎながら、老婆の進路を遮るように止まった。

突然目の前に現れた白バイに、老婆が目を丸くしている。

「なんだい、いきなり」

「お婆ちゃん危な――」

そのとき甲高い金属音がして、木乃美はびくっと全身を震わせた。

すぐ横をインプレッサが走り過ぎたのだ。白バイがセンターラインを跨いでいたので、サイドボックスにでも接触していったのだろうか。

直後、上空から落ちてきた物体が足もとに落下し、小さな破片を撒き散らしながら何度かアスファルトを跳ねて止まった。

地面に落ちていたのは、インプレッサのものと思われるバックミラーだった。

7

『良い調子だ。さすが全国二位の腕前だな』

無線で谷原の声が聞こえる。

「ありがとうございます。谷原さんもさすがです。勉強になります」

潤は微笑みながら応じた。

けっしてお世辞ではない。潤の右側で並走する谷原のＣＢ１３００Ｐは、もしかしたら潤の操作で動いているのではと思えるほど、ぴったりと動きが連動している。潤が速度を緩めれば同じように速度を緩め、速度を上げれば一秒のズレもなく速度を上げる。

ちらりとバックミラーをうかがう。

鏡に映るのは、エメラルドグリーンのユニフォームにグリーンの襷。青山学院大のランナーだ。ほっそりとした手足は交通機動隊の猛者たちに比べると少し頼りない印象を受けるが、時速二〇キロ近くの速度を保ち続ける体力はあらためて驚異的だ。額は汗で光っているが、表情はまったく崩れていない。まるでロボットだ。この調子だと、弦巻大はさらに引き離されるのではないか。繰り上げスタートになったりはしないだろうか。

それにしてもと、潤は思う。

駅伝の先導役がこれほど神経を使う任務だとは、予想もしなかった。バックミラーで先頭のランナーとの距離を一定に保たなければならないのはもちろんだが、思いのほか沿道の見物人たちとの距離が近く感じる。かりにこの中に不審者が交じっていたり、レースを妨害しようとする者が紛れていた場合、潤が最後にして唯一の防衛ラインとなるわけだ。しかもその姿は、十五メートルほど先を走る中継車のテレビカメラによって、全国に随時発信されている。中継車は先導の白バイの前を走っているが、これが先導するにあたっては意外と厄介な存在だ。無意識に中継車との距離を一定に保とうとしてしまうが、中継車のドライバーは交通機動隊員ほどの腕前ではない。そもそも白バイほど、ランナーとの距離については神経質でもなさそうだ。中継車につられてしまえば、ランナーとの距離を一定に保てなくなり、ランナーにとっては走りにくい状況が生まれる。

わずかに中継車が近づいた気がした。速度を落としたらしい。だがバックミラーのランナーは、速度を落としていない。潤はアクセルを緩めることなく、ランナーとの距離を保つ。

ほんの一年前までは、こんな自分を想像したこともなかった。ただ速くなりたい。上手くなりたい。その一心で技術を磨いてきたのであって、技術を他人にひけらかすなんて馬鹿げていると思っていた。なにかを背負って走るとか、誰かのために走るなんて欺瞞（ぎまん）だと決めつけていた。ずっと一人で走ってきたし、ずっと一人で走っていく。そのつもりだった。

だが今日、潤はたくさんのものを背負っている。

それはランナーや沿道の見物人たちの安全であり、ライダーへの模範的姿勢であり、組織の面子（メンツ）であり、仲間たちの想いでもある。

『いま赤いランプ点いてるぞ。カメラが走者じゃなくておまえさんのほうを向いてる。おまえのことが紹介されているんじゃないか。せっかくだから、笑顔で手でも振ってやったらどうだ』

谷原の軽口に頬が緩みかけたが、懸命に真顔を保った。

一週間ほど前に、帝国テレビの水戸（みと）というディレクターが取材に来た。中継中にテロップで先導の白バイ隊員を紹介するためのインタビューらしい。十五分ほど話したが、自分のことはどのように紹介されているのだろう。両親は見てくれているだろうか。潤が白バイ隊員になることに大反対した父とは、最近になってふたたび会話をするようになった。箱根駅伝の先導役に選ばれたと報告したら、「そうか。頑張れ」とぶっきらぼうな返事だったが、後で母親から聞いたところによると、近所の人に自慢してまわっているらしい。その話を聞いて、先導役を引き受けて良かったと思った。あの頑固な父も、これで自分のことを少しは認めてくれたのかもしれない。

テレビカメラを通じて何千万人もの目に映る潤は、ただの腕自慢の単車乗りではない。神奈川県警を代表する、交通機動隊員だ。潤の一挙一動によって、世間の神奈川県警に対するイメージが左右するかもしれない。未来の白バイ隊員に憧れを芽生えさせるかもしれないし、逆に失望させるかもしれない。

誰かのために。

ひややかに聞き流していた言葉だが、いざ自分が当事者になってみると案外悪くない。かつての自分は、どうしてあんなにもひねくれていたのか。一人で突っ張っていたのか。他人の気遣いややさしさに気づかずに、一人で走っている、走っていけると驕(おご)っていたのか。

一人で走っていたことなんて、最初からなかったのに。

まわりで見守ってくれている、伴走してくれている人たちのやさしさに気づかなかっただけで――。

『交機七八から神奈川本部――』

木乃美だ。

『先ほどのインプレッサ。追跡中に見失ってしまいました。日限山(ひぎりやま)の住宅街から環状二号線方面へ抜けたと思われますが、付近のPC、捜索に協力願いたい』

潤はわずかに眉根を寄せた。

木乃美の白バイ隊員としての最大の強みであり、同時に弱点でもあるのは『やさしさ』だ。ライディングにも如実にそれが表れている。劉はおそらくその点を利用したに違いない。

それにしても日限山か。

そこから環状二号線方面に抜けたとなると……。

頭の中で地図を描いてみる。

つい先ほど通過してきた場所の近くだ。

もしかしたら……。

沿道の声援を通り越して、遠くの物音を拾い上げてみる。

インプレッサ……インプレッサ……。

耳をそばだてながらも、周囲への警戒は怠らない。バックミラーでランナーとの距離も一定に保たないとならない。中継車には惑わされない。

〈元町橋交番前〉の歩道橋をくぐり、大きなカーブを通過したあたりから、周囲には建物が増え、だいぶ賑やかになってくる。

〈狩場インター〉、〈東伸橋〉、〈保土ヶ谷二丁目〉、〈岩崎ガード〉と通過しながら、期待が萎む。

やはり駄目か。

ところが〈保土ヶ谷橋〉に差しかかったときだった。

聞こえる……？

聴覚に神経を集中し、じっと耳をそばだてる。

間違いない。インプレッサのエンジン音だ。

『交機七四から交機七八――』

無線で木乃美に呼びかけながら、潤は思った。

私は一人じゃない。

ってことは、あんただって一人じゃないんだ、木乃美。

8

劉のインプレッサはどの方向へ向かったのだろう。当て推量で走って逆に遠ざかる結果になりはしないかと考えると、下手に身動きも取れない。

木乃美が途方に暮れていると、坂巻の声がした。

『おい、本田！　劉は見つかったとか？』

「まだ」

『まだって、そんな悠長なこと言うとる場合じゃなかぞ！　このまま逃亡ば許したら、劉は両角さんになにをするかわからんとぞ！』

「わかってるよ」

じゅうぶん過ぎるほどわかっているから、動けないんじゃないか。

通りを往来する車両に目を凝らす。

だが無駄だ。向こうだって馬鹿じゃない。一度振り切った白バイのもとにのこのこ引き返してくるなんて、ありえない。

どうすればいいんだ。

どうすれば——。

混乱のあまり思考停止に陥りかけたそのとき、潤の声が聞こえた。

『交機七四から交機七八。インプレッサのエンジン音を見つけました。たぶん白バイから逃げ切ったと思ったんだろうね。やけに飛ばしていたのが、さっき急に法定速度ぐらいまで速度を落としたから、逃走車両で間違いないと思う。いまはたぶん……岩井町。清風高校の前あたりじゃないかな。およそ時速三〇キロで、東に走行中。行ってみて』

「潤！　あなた、いまそんなことして大丈夫なの」

するといった潤は笑った。

『大丈夫なわけないじゃん。いっぱいいっぱい』

そんなときに私のことを気にかけてくれるなんて。

「ありがとう」

それしか言葉が出ない。

湿った空気を嫌うように、潤はさっぱりとした口調で言った。

『いいから早く行きなよ。インプレッサは移動してるんだからね』

「うん。わかった」

フットレストに足を載せ、発進しようとしたとき、潤から『木乃美』と呼ばれた。

『声聞けて安心した』

胸がいっぱいになる。

「頑張って」

『そっちもね』

潤に教えられた場所へと急いだ。劉に接近を悟られないよう、サイレンはオフにする。

清風高校の近くに着いたが、当然ながらすでにインプレッサの影はない。

校舎に面した交差点で停止し、劉の行動に想像をめぐらせた。

おそらく劉は〈闘雷舞〉が根城にしている桜木町方面に向かっているのではないか。繁華街では警察の監視も増えるが、かくまってくれたり、逃亡に手を貸してくれたりする仲間も多いはずだ。

劉は白バイから逃げ切ったと思っている。警察のいそうな大通りは極力避けていくだろう。

だとしたら――。

「右っ！」

その後も木乃美は、自分が劉になったつもりでルートを選びつつ、桜木町方面へと急いだ。警察の取り締まりに適した広い路肩の待避所があったり、Nシステムの設置された道は避け、住宅街を進む。

桜木町駅が近づくにつれ、本当に予測は当たっているのか、劉は桜木町になど向かっておらず、自分は見当違いの方向を捜索しているのではないかと、不安になってきた。

だから庚台（かのえだい）の住宅街で角を曲がったとき、突然目の前にインプレッサのリアバンパーが現れたのには驚いた。

向こうもすぐに気づいたらしく、けたたましいエンジン音とともに急発進する。猛然と坂を下ったインプレッサは、急ハンドルを切って左折した。

「ちょっ……」

なにやってんの！

そこは一方通行で、こちらからは進入禁止になっている道だった。

インプレッサの進入した地点まで追いかけて停止し、左に顔をひねる。

小型スクーターが転倒しており、その奥に走り去るインプレッサのリアバンパーが見えた。インプレッサが小型スクーターを撥ねたのかと思い、ひやりとしたが、一方通行を逆走してきたインプレッサを避けようとした小型スクーターが、近隣住宅の生け垣に突っ込んだ、というのが正しい解釈のようだ。

「大丈夫ですか?」

近くまで行って訊ねると、運転手は若い男だった。痛そうに顔をしかめてはいるものの、頷いている。目立った外傷もなく、自力でスクーターを起こそうとしている。

事故処理のためにこの場所で待つように伝え、追跡を再開した。

一方通行の道を逆走していると、四つ辻の左側からセダンのフロントバンパーが飛び出してくる。

間一髪で右に膨らんで避け、あらためてアクセルをひねった。

その後もインプレッサは白バイを振り切ろうとするが、木乃美は必死についていく。

ずっと桜木町駅周辺を走り回っていたインプレッサだったが、どうしても白バイを振り切れないと悟ったのか、苦し紛れのように方向転換し、紅葉橋(もみじはし)からみなとみらい地区へと飛び込んだ。

木乃美は内心でほくそ笑む。分駐所のあるみなとみらい地区は、完全に自分の庭のようなものだ。

道幅はより広く、より真っ直ぐになり、インプレッサの速度も増した。

だがCB1300Pはぴったりとくっついて離れない。このあたりは歩道と車道もきっちり区切られており、歩行者との接触の危険性が低いため、気持ちもいくぶん楽だ。

ランドマークタワーとクイーンズスクエアの摩天楼を左手に見ながら走り、〈国際橋〉の信号を左折して〈パシフィコ横浜前〉へ。

インプレッサは飛ばしているが、CB1300Pは見えない紐で引っ張られているかのようについていく。

大丈夫だ。このまま追尾を続けて、応援の到着を待てばいい。

ところが。

ふいにインプレッサがふらついた。

片側二車線の道を、左車線から右車線へと斜めに横切るように走り、中央分離帯に乗り上げそうになる。

ぶつかりそうになってひやりとしたが、インプレッサは左に揺り戻して、左右二車線を区切る、車線境界線の白線上を走る。

その後もふらふらと不安定な走りは続いた。

「いったい……」

なにが起こった――？

ドライバーの体調でも悪くなったのか。

だが違う。よく目を凝らしてみると、助手席の女が運転を邪魔しているようだった。助手席からハンドルに覆いかぶさるようにしては、運転席の男から払いのけられたり、肘打ちを食らったりしている。それでも懲りずに食らいついていた。

そのうちに、助手席側の扉が大きく開け放たれた。

だが沿道に植えられた街路樹に開いた扉がぶつかり、ばたんと閉まった。

それでも数秒後に、ふたたび助手席側の扉が開いた。

その直後、女の頭が外に飛び出し、木乃美はぎょっとした。

逃げ出したい気持ちはわかるが、このスピードで外に飛び出しては、間違いなく大怪我をする。

だが男に襟首を摑まれて引き戻されたらしく、女の頭はすぐに車内に戻った。

女が無茶苦茶に手を振り回して抵抗しているのが見える。

男のほうは左手で女を押さえつけながら、右手で懸命にハンドルを操っている。

インプレッサが大きく蛇行し始める。

やがて男の左腕に、女が嚙みつくのが見えた。

男は痛そうに手を引いたが、逆上したのか、すぐに女の身体を突いて外に押し出そうとし始める。

今度は扉の開いた助手席から、女の上半身が飛び出した。

「あぶ――」

危ないっ！

落ちる！

そう思ったが、女は開いた扉にしがみつき、転落を免れた。

だがとても安心できる状況ではない。

インプレッサは大きく蛇行している。男はなおも怒りが収まらない様子で、何度も女を押し出そうとしている。

またこのパターンか。

そういう星のもとに生まれたのかもしれない。

木乃美は覚悟を決めてスロットルを開き、インプレッサに追突する寸前にまで近づいた。

インプレッサの左後ろに位置するように調節しながら、扉にしがみつく女に呼びかける。

「次の交差点！」

最初はひたすら救いを求める様子だった女の表情が、何度か呼びかけを続けるうちに、決意を含んだものに変わる。

やがて女が小さく頷いた――ように見えた。意図が伝わったと信じるしかない。

交差点が近づいてくる。〈臨港パーク入口〉の補助標識が見えた。

チャンスは一度きり。それもほんの一瞬だ。

ハンドルを握り直し、唇を引き結ぶ。

唇がかさかさに乾いているのに気づいて、ぺろりと舌なめずりをした。

インプレッサが交差点に進入する。その瞬間に速度を上げ、左から助手席に近づく。

女がこちらに手を伸ばそうとする。

「まだ！」

助手席の扉に衝突しそうなほどにスロットルを開き、ぎりぎりのタイミングで、思い切りリアブレーキを踏み込んだ。クラッチを切り、後輪をロックする。

そして左に車体を倒す。

視界がぐるりと左向きに回転し、横滑りする。

直前までの運動エネルギーそのままに、横向きで助手席に近づく。

「いま！」

女が助手席から飛び移ってくる。

がくん、と衝撃にバイク全体が揺れる。

このまま横転しては大事故だ。

木乃美は懸命に歯を食いしばり、バランスを保った。

斜めにかたむいた視界が流れる。

真っ直ぐにのびた道沿いに、高層ビルが林立している。

その景色が横滑りする。

このまま行けばインプレッサは交差点を通過できるが、ＣＢ１３００Ｐは歩道沿いに立てられたポール状の車止めに激突する。

アクセルをひねる。

エンジンが唸りを上げる。

タイヤが回転し、前進しようとアスファルトを蹴る。

だが景色は止まらない。横向きに流れ続ける。

駄目か……。

一瞬よぎりかけた諦めを振り払う。

いける！　ぜったいに助けるし、助かる！

そのとき、横向きに流れていた景色が、後ろに流れ始めた。

木乃美のＣＢ１３００Ｐは、歩道の車止めに激突する寸前で前進を開始し、交差点を左折して対向車線に進入するかたちになった。

道の端に寄せ、バイクを停止させる。

背後に顔をひねりながら訊いた。

「両角麗奈さんね。大丈夫？　怪我はない？」

木乃美の腰にしがみついていた女は、質問には答えずに必死の形相で訴えた。

「私を、鶴見(つるみ)中継所に連れて行ってください！」

Top GEAR

1

木乃美が両角麗奈を保護したという無線連絡に、潤は思わず微笑んでしまいそうになった。

インプレッサには逃走を許したようだが、木乃美の照会したナンバーが近辺のNシステムに引っかかったらしく、捜査本部の捜査員たちが追跡しているという。これで人質に危害が加えられる恐れはなくなった。

『たいしたもんだな、本田は。A分隊の隊員たちがどうしてそこまで期待するのか最初は疑問だったが、謝らないといけないようだ』

谷原のしゃべり方がぼそぼそして聞き取りにくいのは、カメラを意識して唇が動かないように気をつけているせいだろう。

『だから言ったでしょう。あいつに任せれば間違いないって』

元口は自分のことのように誇らしげだ。いまは山羽の運転する白黒パトカーに同乗し、二位グループの後ろを走っているはずだ。

『そこまでは言ってないだろう。本田に両角さんの顔写真を見せておけば、ワンチャンあるかもと言っただけじゃないか』

梶が指摘する。梶は二位グループを先導している。

『同じようなものじゃないですか』

『おまえたち、安心するのは早いぞ。人質を保護したとはいえ、劉はいまだに市内を逃走中だ。駅伝コース近辺に出没する可能性もある。気を抜かずに警備しろ』

緩みかけた手綱（たづな）を、山羽が引き締めた。

八区後半の戸塚区東俣野町で第一交通機動隊から一位チームの先導役を引き継いだ潤と谷原は、一時間ちょっとの時間をかけておよそ二六キロの道のりを走り、現在は鶴見区の第一京浜（けいひん）道路を東京方面へと走っていた。戸塚中継所から二三・一キロにわたる九区も、すでに大詰めだ。二日間にわたるレースも最終区の十区に入る。十区に入って三・三キロほど走った六郷橋が、潤にとって一足早い箱根駅伝のゴールとなる。

ふと、鶴見中継所で襷の到着を待つ両角雅志に思いを馳せた。

雅志は妹が暴走族の男に拉致されたと知りながら、レースに臨もうとしていた。妹が無事保護されたという報せは、いち早く雅志の耳に届けられたらしい。山羽を経由した捜査本部からの無線報告によると、妹の無事を知った雅志は、その場で泣き崩れたという。チームメイトにはなにも知らせずに気丈にレースに臨もうとしていたが、やはり相当な重圧だったようだ。スタート前に吉報を届けられて本当によかった。

木乃美は引き続き劉の捜索にあたり、木乃美によって保護された麗奈は、坂巻が事情聴取をしながら覆面パトカーで鶴見中継所まで送るという。雅志のスタートまでに、妹の元気な姿を見せることができるだろうか。

雅志の所属する弦巻大は、いまどのあたりを走っているのだろう。

おそらく山羽に問い合わせれば答えてくれるのだろうが、潤はぐっと堪えた。

私はあくまで交通機動隊の一員だ。特定のチームに肩入れするわけにはいかない。

真っ直ぐにのびた第一京浜道路を、ＣＢ１３００Ｐは走る。

鶴見中継所はもうすぐだ。

沿道からの声援がいっそう大きくなる。

声援が力になったのか、バックミラーに映るランナーの走りが力強くなる。それに合わせて、潤も速度を上げる。

たくさんの笑顔、たくさんの声援、たくさんの人の想い。

そして仲間を信じて走る若者たち。

私の、守るべきもの——。

2

ポートサイド公園前のT字路を左折すると、白黒パトカーが片輪を左側の歩道に乗り上げるようにして止まっていた。パトカーの向こうには、右バックミラーの壊れたインプレッサが、同じように片輪を歩道に乗り上げている。

なんだか嫌な予感がする。

『さあ、青山学院大の貴島。まもなく九区も残り一キロほどになってきました。驚異的なペース。これは間違いなく区間新記録でしょう。こちらからだと、二位のランナーの姿すら見えません』

左耳に聞こえる中継も、嫌な予感をかき立てる。先ほどの八区から九区へのリレーでは繰り上げスタートを免れた弦巻大だが、先頭の青山学院大が区間新の走りをしてしまったのなら、さらに差は広がっているのではないか。大丈夫だろうか。

木乃美がパトカーの手前でブレーキをかけると、パトカーのそばで途方に暮れたように突っ立っていた二人の制服警官のうち、若く見えるほうが歩み寄ってきた。

「お疲れさまです」

「お疲れさまです」

制服警官と敬礼を交わし、バイクから降りた。

「劉は？」

「私たちが到着したときには、無人でした」

やはり。木乃美は顔をしかめる。

手配中のインプレッサを発見したとの報せを受けて急いで飛んできたのだが、すでに劉が乗り捨てた後だったようだ。

「劉は徒歩で逃亡したんでしょうか」

制服警官が言い、木乃美は周辺を見回した。

劉の立場になって考えてみる。なぜこの場所だったのか。

「いえ……たぶんですけど、この近くにバイクでも隠していたんじゃないでしょうか。それに乗り換えて逃げたんだと思います」

オフィスビルやタワーマンションといった、高層ビルに挟まれた道だった。もとは中央卸売市場専用道路が高架で走っていた場所だが、東日本大震災で損傷を受けた橋脚が撤去されたため、いまは見晴らしのよい道路になっている。

横浜駅の東側に隣接するポートサイド地区は、国道や首都高速、帷子川(かたびらがわ)などによって周囲と分断されているせいで、開発が遅れている。交通量もさほど多くはない。見晴らしがいいため、歩行者は目立ち、徒歩で逃亡するには適さない。いっぽうで交通量が少なく、歩道も広々としているせいで、バイクなどを違法駐車していてもうるさく言われないだろう。オフィスから人が消える年末年始はとくに。

劉が逃走に使用しているのは、おそらくあのバイクだ。

KTM690SMC。箱根駅伝の交通規制を利用して逃亡された後、あの車両をまだ発見できていない。このへんに違法駐車していたのだろう。

問題は、あの黄色いバイクがどこに向かったか、だ。

付近の防犯カメラでも解析すればわかるのだろうが、それでは遅すぎる。

なにかヒントは。

木乃美は助手席側からインプレッサに歩み寄った。

走行中に開いて街路樹にぶつけた傷痕が、扉に生々しく残っている。

さすがにいち交機隊員が現場を荒らすわけにはいかないので、遠慮がちに車内を覗き込む。さっぱり見当もつかない。

そのとき、スマートフォンの着信音がした。

発信者を確認すると、見知らぬ番号が表示されている。

「はい。もしもし」

『もしもし、本田さんか』

聞き覚えのある声だった。

「峯さんですか」

誰かと思えば。

『突然すまないね。坂巻に番号を聞いて電話させてもらった』

「かまいませんけど、どうしたんですか」

『いま柳と島崎を取り調べているんだが、新事実が判明したんだ』

「なんでしょう」

『劉の恋人の則本亜里沙を襲ったのは、どうやら二人だけではないらしい。その場にもう一人いたそうなんだ』

「本当ですか？」

『ああ。柳と島崎にとっては大学の先輩にあたる存在で、どうやら二人に就職口の斡旋を約束していたために、名前を出すのを渋っていたようなんだが、水戸章男という男らしい』

　峯は、劉はその男に復讐に向かったのではないかと言う。則本亜里沙の側からも名前が出ていないことを考えると、その可能性は高いと、木乃美も思った。

「それで、その水戸という男はどこに？」

　水戸を至急保護しないとまずいことになる。

『実は、水戸は帝国テレビのディレクターだそうだ』

　峯は困り果てたような口調で告げた。

「帝国テレビの？　まさか……」

　帝国テレビといえば、箱根駅伝を中継しているテレビ局だ。その中に、劉が命を狙う人物がいる。

　峯がわざわざ木乃美に電話をかけてきたということは――。

『ああ。水戸はいま、駅伝の先頭を走る中継車に乗っている。水戸は則本亜里沙を襲ったときに身分をひけらかして、自分は箱根駅伝の先頭のランナーを撮影する中継車に乗るんだと自慢していたらしい』

ということは、劉は水戸が先頭の中継車に乗っていることを知っている。

「急行します」

電話を切ってCB1300Pまで駆け戻り、シートに飛び乗るようにしながら急発進した。

3

坂巻の運転する覆面パトカーは、第二京浜道路を東京方面へと走っていた。

助手席では両角麗奈が、カーナビの液晶画面を食い入るように見つめている。ワンセグ搭載モデルなので、テレビが見られるのだ。もちろん、チャンネルは帝国テレビに合わせてあった。

ハンドルを操作しながら、坂巻もちらりと液晶画面を見やる。

フレームの中で、ランナーが力強く両手を振りながら第一京浜道路を疾走している。エメラルドグリーンのユニフォームだから、一位の青山学院大か。ちょうど鶴見線の高架下をくぐるところだった。

『青山学院大の貴島。依然、快調に飛ばしています。これはもう、一時間八分台は間違いありません。区間新を更新できるかというところに焦点が絞られてきました。貴島がいまのペースを保っていければ、一時間七分台の記録が出そうです』

　ふいに麗奈がこちらを向いた。

「なにがですか」

「えっ。なにが……って」

「いま、まずいなって、呟いてましたよ」

　心の声が無意識に口をついていたらしい。

　坂巻は自分の頭を軽く叩いた。

「これは申し訳ない。知らんうちに独り言いうとりましたか。いまテレビ見とったら、青学の選手が高架をくぐったでしょうが」

「ええ」

「それは鶴見線の線路なんですが、そこからやと、鶴見中継所まで一キロぐらいしかないとですよ。一キロやったら、この人たちは三分ぐらいで走ってしまうとでしょう？　ここから三分で鶴見中継所は、ちょっときついなと思って、つい出てしもうたとです。まずいな……って」

「お気遣いありがとうございます。でも、そんなに急いでくださらなくても平気です。兄の所属する弦巻大は、先頭から十五分以上差をつけられていますから。あと三分で青学が鶴見中継所を通過するということは、弦巻大が通過するのは、早くてもそれから十五分経った、十八分後ということになります」

「そうか。それはよかった。いや、先頭から差をつけられとるのを喜ぶのはおかしいですね。よくないです。すみません」

坂巻が謝罪すると、麗奈は笑いながら手を振った。

「気にしないでください」

「とにかく、お兄さんがスタートするまでには、鶴見中継所に着きますけん」

「ありがとうございます」

その矢先に信号に引っかかり、坂巻は鼻に皺を寄せた。

まあしかし、十八分もあれば余裕か。

ふうと息をつきながら、液晶画面に視線を移す。

青山学院大のランナーの前に、ちらちらと谷原と潤の姿が見え隠れしていた。

この映像を撮っている中継車に、峯から聞いた水戸章男がいるのかと思うと、なんだか複雑な心境だ。

「谷原さん、頑張っとるなあ」

もちろん潤も頑張っていると思うが、麗奈との話題の共通項を探るために、谷原の名前を出した。

「今回もまた、谷原のおじちゃんに助けられちゃったな」

少し申し訳なさそうに、麗奈が肩をすくめる。

「面倒見の良い人らしいですね」

「そうですね。面倒見が良いのを通り越して、お節介が過ぎるんじゃないかって思うぐらい。バイク仲間って、特別な絆(きずな)があるみたいです」

それを聞いてまず思い浮かべたのは、木乃美と潤だった。たしかに特別な絆があるかもしれない。

「両角さんのお父さんと、谷原さんがバイク仲間やったとですよね」

「ええ。谷原さんのほうが父より一回り近くも年上なんですけど、兄弟みたいに仲が良かったんです。谷原さんに出会えてよかった、谷原さんがいなければ、おれはいつまでも馬鹿のまんまだったって、父は口癖みたいに」

「馬鹿のまんま?」

なんのことだろう。

すると麗奈は、少し恥ずかしそうに目を伏せた。

「父は十代のころ、暴走族に入っていたそうなんです」

「えっ……ということは、まさか」

二人の出会いは、警察官と暴走族ということか。

麗奈が苦笑する。

「昔の父の写真を見たことがあるんですけど、自分の知っているやさしい父と同一人物だとは、とても信じられませんでした。髪の毛なんかこんなに膨らんでて、眉毛も細いし、三白眼でカメラを睨んでるし」

「どんな感じなのか、なんとなく想像がつきます」

そういう人種なら数多く見てきた。坂巻は笑う。

「父はいつも言ってました。信じてくれる人がいた自分は、幸運だった。信じてくれる人がいれば、人は頑張ることができるし、立ち直ることができる。人に力を与えるのは、人なんだ。だから人を信じる人になりなさい……って」

「似たようなことを言いそうなやつを、おれも約一名知ってます」

自然と木乃美の顔が思い浮かんだ。同時に、暴走族に更生の余地などないと断言したことを反省した。

「じゃあ、坂巻さんも幸運ですね」

「それは、どうですかね」

素直に認めるのは癪だが、木乃美と接していると元気になるのは間違いない。

「幸運ですよ。私、兄が箱根駅伝に出場することになって、父の言葉は本当だったって実感しました。ずっと兄を信じて応援していたから、本当に箱根を走れることになったんだ……って」

「その点は、素直にすごいと思います」

だが木乃美を素直に認めるのは……。

そう思っていると、ふいに無線の注意喚起音が鳴った。

噂をすればなんとやらで、聞こえてきた声は木乃美のものだった。

『交機七八から神奈川本部。手配中の劉公一ですが、おそらくバイクで鶴見方面に移動中と思われます。車種はＫＴＭ６９０ＳＭＣ。ナンバーは泉区〈う〉の〇×－△×。なお目的は箱根駅伝の妨害と予想されるので、付近のＰＣにおいては、いっそうの警戒をお願いします』

坂巻はふうと息を吐き、自分のスマートフォンを助手席に差し出した。

「あまりバイクに詳しくないとですが、ＫＴＭ６９０ＳＭＣを画像検索してもらえませんか」

「わかりました」

麗奈はそう言って、スマートフォンを操作し始めた。

画像が見つかったらしく、じっと液晶画面を見つめている。

「おれにも見せてもらえんですか」

手を伸ばして催促したそのとき、「あ」と麗奈が声を上げた。

「どうしたとですか」

「いまこの車を追い抜いていったバイク。これと同じでした」

麗奈がスマートフォンの画面を指差す。

「本当ですか！」

しばらくダッシュボードに身を乗り出すようにしていた麗奈が、やがてかぶりを振る。

「ナンバーまでは確認できなかったけど、車種は間違いなくこれでした」

坂巻はカーナビの画面を確認しながら、唇を噛む。

『さあ、鶴見中継所から、一位のランナーの姿が確認できました。もうまもなくです。二日間にわたって襷をつないできた箱根駅伝もいよいよ大詰め、最終十区に突入します』

「すんません、両角さん。舌嚙まんように気をつけてください」

坂巻は顔をしかめながらグローブボックスを開け、赤色回転灯を取り出した。

4

逃走中の劉公一が、中継車に乗ったテレビディレクターを襲撃するかもしれないという情報は、箱根駅伝の警備にあたっていた交機隊員たちに衝撃を与えた。

警護対象者は明確だ。だが、あからさまな動きを取ることもできない。劉の狙いが中継車であるという保証はないし、もしもいま中継車を止めようものなら、前代未聞の異常事態に陥る。

潤がその報せを受けたのは、鶴見中継所を通過した直後だった。

先導役を警視庁に引き継ぐ六郷橋まではおよそ三キロ。時間にして十分もかからない距離だ。

たかが十分。

だがその十分は、潤の警察官人生でもっとも長い十分になること必至だ。

なにしろ明らかな脅威を目の当たりにするまで、先導役を放棄することは許されない。かりに沿道の群衆に不審人物を見つけたとしても、その人物が駅伝を妨害しようとしたり、関係者に危害を加えようと具体的な行動を起こすまで、ブレーキをかけることは許されない。不審人物を見かけたら、付近の警官に職務質問してもらうように無線で呼びかけるのが関の山だ。

ただ、劉の乗っているらしいバイクの車種まで判明しているのは、とくに潤にとっては幸いだった。まだ差し迫った脅威はないということが、音でわかる。

だが本当にそうなのか?

劉がKTM690SMCに乗っているというのは、推測に過ぎない。

もしも別の車種に乗っていたら?

すでに沿道の観衆の中に紛れていたら?

だとしたら疑わしい相手が多すぎる。

どこにいる?

劉はどこに潜んでいる?

疑心暗鬼の心境がライディングに表れていたらしい。

『大丈夫だ。川崎——』谷原の声がすっと入り込んできた。

『おまえ一人じゃない。おれだってしっかり見てるんだ。一人で戦ってる気になるな』

そうだ。私一人で戦ってるんじゃない。

隣には谷原さんが並走している。

私の後ろには、多くの交機隊員が眼を光らせている。

肩の力が抜け、身体が軽くなる。

同時に感覚が研ぎ澄まされ、遠くにＫＴＭ６９０ＳＭＣの排気音と、それを追うサイレンの音が聞こえてきた。どうやら仲間が追跡しているようだ。

誰か知らないけど、頼んだよ——。

潤と谷原は〈ゴム通り入口〉を通過し、横浜市から川崎市に入った。

5

『神奈川二六から神奈川本部！　逃走車両は鶴見付近の第二京浜道路を東京方面へと走行中！　たったいま〈下末吉〉の信号を通過！　至急応援願いたい！』

覆面パトカーのハンドルを握る坂巻はそこまで言い切ると同時に、無線の送受話器を取り落としてしまった。

だが拾っている暇はない。

懸命に飛ばしているつもりなのに、前を走る黄色いバイクとの差は広がるいっぽうだ。

サイレンなんか鳴らさずに、ひっそり後を追いかけながら応援を待てばよかったのか。だがそうすれば四輪車の横をすり抜けながら進む二輪車を、すぐに見失ってしまったに違いない。

新鶴見橋を渡り終えてほどなく、ふいに黄色いバイクの姿が消える。

振り切られたかと思ったが、麗奈が前方を指差す。

「あそこ！　左に曲がった！」

左折して住宅街に逃げ込んだらしい。

「しっかり摑まって！」

坂巻の警告を受けて、麗奈が助手席側のドア上アシストグリップを両手で握る。

坂巻は左に急ハンドルを切った。麗奈でなく自分のほうが吹っ飛ばされそうになり、右側のガラスに頭をしたたかに打ちつけてしまう。

「だっ！」同時に舌も嚙んだ。最悪だ。

痛みに悶絶（もんぜつ）する間もなくアクセルをベタ踏みする。

少しだけ黄色いバイクが近づいた気がするが、四つ辻に差しかかったときに左から車が飛び出してきて、心臓が止まりそうになる。なんとか接触は免れたが、一瞬だけアクセルとブレーキを踏み替えたせいで、ふたたび黄色いバイクが遠ざかる。

「止まれって書いてあったのに！」

麗奈が振り返りながら言う。

さっきの車が、一時停止のラインで停止しなかったと非難しているらしい。正直なところ、いまはどっちが道を譲るべきだったかなんてどうでもいい。どこにも誰にも接触せずに走るので精一杯だ。

県道一四〇号線に飛び出した黄色いバイクは、川崎駅方面へと走る。

アクセルをいっぱいに踏み込んで追いかけていると、ふいに黄色いバイクがUターンした。

交差点で切り返し、追跡を再開すると、ふたたびUターンして右側をすり抜けていく。

「あっち行っちゃったよ！」

麗奈が振り返りながら後ろを指差す。

「わかっとる！」

だがバイクと違って車はそこまで小回りが利かない。

「ほら！　今度はあっち！」

「はいはい！」

「そっちじゃなくてあっち！」

「あんた、もしかして免許持っとらんとか！」

「なんでわかったの？」

「わかるさ！　そんな無茶ばっか言われたらな！」

「無茶？」

免許も持たない大学生相手に八つ当たりしたことを反省する。

だが心を入れ替えたところで、二輪の小回りに敵うわけではない。

「無理だ。こんなん！」

追いつけるかっての――！

自在に走り回るバイクに翻弄される。

「諦めちゃ駄目！　信じるの！」

「なにを信じるていうとか！」

「仲間を！　きっと助けに来てくれるって！」

「そんな綺麗事……」

またも大学生相手にやさぐれかけたとき、目の前を横切る影があった。

いまのは、もしや……？

無線を通じて、労いの言葉が飛んでくる。

『お疲れさま、部長！　あとは私に任せて！』

やっぱり。

交差点を左折すると、黄色いバイクにぴったりと張りつくようにして追跡する、白バイの後ろ姿が見えた。

「本田……」

「ほら。信じてたから、助けに来てくれた」

「いや。たぶん……仕事だからたい」

言ってしまった後で、またおとなげなかったと反省する。

それでもほんの一瞬だけ、おまえの背中に羽根が生えとるように見えてしまったぞ、本田。

はっと我に返る。

「そうだ。早いとこ鶴見中継所に向かわんと」

坂巻はギアをドライブに入れ、アクセルを踏んだ。

6

「今度こそ負けないから」

木乃美は劉と思われるＫＴＭ６９０ＳＭＣを追跡しながら、自分に言い聞かせるように呟いた。

逃走車両はラゾーナ川崎の横に長い建物を右手に見ながら中幸町（なかさいわいちょう）の住宅街に入り、くねくねと蛇が這うようなルート取りで幸町を抜けて、府中（ふちゅう）街道に向かう。

ＣＢ１３００Ｐは速度を上げ、黄色いバイクの右に並んで二台同時に府中街道に出た。

府中街道を右に走れば箱根駅伝のコースに合流するので、進路を塞いだのだ。

並走するライダーと目が合う。

ジェットヘルメットのシールドの奥に覗く鋭い目つきは、間違いなく劉だ。

「殺すぞ！」

怒鳴った劉だったが、鬱陶しそうにハンドルを揺すっただけで、府中街道に入る。

二台横並びになったまま、府中街道を北上する。

やがて劉が右に体重をかけて車体をかたむけ、幅寄せしてきた。

木乃美も接触しないように右に体重をかける。

劉に幅寄せされるまま、右に進路を取りかけたが、とっさにブレーキレバーを握り、速度を落として黄色いバイクの後ろにつく。

予想通り、劉は左にハンドルを切った。フェイントだ。木乃美も後を追って左折する。

すぐさま速度を上げ、ふたたび黄色いバイクの右に並ぶ。

『交機七八から神奈川本部。現在、手配中の劉公一が運転するバイクを追跡中。現在、幸町付近の住宅街を川崎駅方面へと走行中』

そう報告した矢先、劉が急ハンドルを切って左折する。

黄色いバイクの消えた道を確認して、木乃美は顔をしかめた。

また一方通行の逆走だ。

一瞬躊躇したものの、ここで別のルートを探していては逃げられてしまう。

木乃美は劉の後を追って進入禁止の道に入った。

進入してすぐに気づく。

道幅が狭い。

横道からの飛び出しがないように祈りつつ、劉の背中を追っていたが、前方の四つ辻の右手から、車両が左折してくるのが見えた。

「やばっ……」

きゅっと心臓が絞めつけられる。

現れたのはトラックだった。

トラックのドライバーは前方から走ってくる二台のバイクにすぐに気づいたらしく、クラクションを鳴らしながら左折の途中で停止する。

アクセルを緩めかけた木乃美だったが、

「嘘……」

劉は速度を緩めるつもりがないようだ。曲がり角を塞ぐように斜めに停車したトラックの運転席と、左側の民家の生け垣の間のわずかな隙間に向かって突っ込んでいく。

トラックはＫＴＭ６９０ＳＭＣの勢いにおののいたように後退した。

トラックの運転席と民家の生け垣の間の隙間が広がる。操作ミスをしなければ、バイクで通過できるかもしれないという幅になった。

もうこうなったら自棄（やけ）だ。

劉に続いて、木乃美もスロットルを全開にした。

劉が隙間をすり抜ける。

だが木乃美のCB1300Pは、サイドボックスのぶん横幅が大きい。

通れるか——？

目を閉じそうになる自分を懸命に叱咤（しった）し、ギリギリのタイミングまでハンドルで進入角度を微調整した。

ちちちっ、とサイドボックスになにかが擦れる音がして生きた心地がしなかったが、気づけば無事隙間を通り抜けていた。

ほっ、と息を吐いたのも束の間（つかま）、すぐにまたピンチが襲ってくる。

前方から、中学生ぐらいの少年四人組が、横に広がりながらこちらに向かって歩いていた。

拡声ボタンを押して叫ぶ。

「どいて！　端に寄って！」

だが少年たちは、驚きのあまり冷静な判断が下せないようだ。背を向けて逃げようとする者やその場で固まってしまう者など、思い思いの反応を見せる。

劉はやはりスピードを緩めない。

危ないっ！

黄色いバイクは右に左にハンドルを切りながら、器用に少年たちの隙間をすり抜けていった。まるで少年たちをカラーコーンに見立てたスラロームだ。

ブレーキの間に合わない木乃美も、人間スラロームに挑む。

まずは左側に寄って、道の中央に立ちすくむ少年をかわし、次に右に車体を倒して、尻もちをついた少年を避ける。アクセルを開き、背を向けて走る少年を追い抜いた後で、すばやく左に体重をかけて最後の少年をかわす。

一か八かの賭けだったが、勝利したらしい。

誰かと接触した感覚もなく、前方には障害物がなくなっているから、おそらくそうだ。

黄色いバイクの後ろ姿は、こころなしか小さくなっている。少し差を広げられてしまったか。

ようやく一方通行を抜けた。

このまま箱根駅伝の妨害を諦め、横浜方面に逃走するかに思えたが、劉は県道一四〇号線に入ってふたたび箱根駅伝のコースのほうに近づき始めた。

あまりの執念深さにげんなりとしながらも、木乃美は劉に食らいつく。

ＪＲと京急本線の高架をくぐり、川崎小学校前の道を左へ。

また一方通行の逆走だと木乃美が顔をしかめたそのとき、無線から待ちわびた音声が聞こえた。

『南川崎三三から交機七八。川崎南町郵便局前を通過してそちらに向かっています。挟み撃ちにしましょう』

援軍だ。コールサインから判断するに、所轄の南川崎警察署の交通課に所属する白バイか。

ほどなく無線連絡通り、前方に白バイが見えてきた。道を塞ぐように白バイを横向きに止め、その向こう側に立った隊員が、劉に向けて拳銃をかまえている。きりりとした眉が凛々(りり)しい、男の隊員だ。おそらく木乃美より若い。頬にまだあどけない膨らみを残している。

「止まれ！　撃つぞ！」

さすがの劉も、拳銃を向けられて速度を落とす。

やがて白バイの五メートルほど手前で、ついに停止した。

木乃美も少し離れた位置で止まる。

隊員が劉に銃口を向けたまま、自分の白バイをまわり込んで黄色いバイクに歩み寄ろうとする。

慎重な足取りではあったが、

「駄目っ！」

相手がエンジンを切ったのを確認しないと！

案の定ふたたび獰猛（どうもう）な唸りを響かせたＫＴＭ６９０ＳＭＣが急発進した。

「逃げて！」

木乃美がそう叫んだときには、撥ね飛ばされた隊員が宙を舞っていた。

隊員が白バイごと転倒し、倒れ込む。

バイクを乗り捨てた劉が、その横を通って走り去る。

劉のことは気になったが、撥ねられた隊員を放ってもおけない。

木乃美は慌てて白バイを降り、隊員に駆け寄った。

「大丈夫？」

隊員は痛そうに顔をしかめながらも、地面に片手をついて上体を起こした。

「すみません。大丈夫です。畜生っ。まさか突っ込んでくるとは……」

「あなた新人なの」

隊員は顔を歪めて頷いた。

「はい。この秋から南川崎署の交通課勤務になりました。鈴木といいます」

「私は一交機の本田。鈴木くん、車やバイクの運転手に近づくときには、まずエンジンを切らせないと。基本中の基本よ」

「そうでした。緊張しちゃって、つい……」

呻き声とともに立ち上がろうとした鈴木が、ふとなにかを探すように周囲を見回す。

「どうしたの」

「いや。拳銃が……」

鈴木は顔面蒼白になった。痛みを忘れたように立ち上がり、おろおろとし始める。

「嘘……」

拳銃を、奪われた――？

7

「はぁっ？　どういうことな！」

坂巻は思わずブレーキを踏み込み、覆面パトカーを急停車させた。

助手席では両角麗奈が心配そうな顔をしている。

「拳銃……って、言ってましたよね」

麗奈の声は震えていた。

「ええ。まあ……」

無関係の市民相手にどう誤魔化そうか考えたが、どう考えても誤魔化しようがない。

無線ではっきりと報告があったのだ。

川崎駅近くで劉が所轄の交通課員を車で撥ね、拳銃を奪って逃走した――と。

「本田のやつ、なにやっとるとか」

新鶴見橋を渡り、第二京浜道路で鶴見方面に戻ってきたところだった。

事態は一刻を争う。だが、ここから鶴見中継所までは、まだかなりの距離がある。

徒歩で向かってくれとは、とても言えない。

「両角さん。大変申し訳ないですが、また川崎方面に引き返してよかですかね」

「もちろんです。どうぞ。私のことはお気にならさず」

「ほんと、すんません!」

Uターンして川崎駅近くの現場に急行する。

川崎南町郵便局近くの路上に着くと、ちょうど救急車が到着したところのようだった。救急車から降りた救急隊員たちが、若い警察官に話を聞いている。おそらくあの警察官が、拳銃を奪われた鈴木という交通課員だろう。

覆面パトカーに麗奈を残し、鈴木に駆け寄った。

「本田は!」

付近にはついさっき坂巻と鬼ごっこを繰り広げた黄色いバイクのほか、二台の白バイが止まっていた。おそらく一台は木乃美のものだ。だが、肝心の木乃美の姿が見当たらない。

見知らぬ老け顔の男に話しかけられて面食らった様子だったが、すぐに坂巻を警察関係者だと判断したらしい。鈴木は素直に答えた。

「劉を捜しに行きました」

「白バイを置いてか」

「劉はたぶん、沿道の観衆に紛れているだろうから、白バイは邪魔になる……って」

「だからって」

武装した相手に単身で立ち向かうつもりか。

正義感が強いのを通り越して、ただの馬鹿だ。

「あいつ、無茶しよってからに……」

坂巻は周囲を見回した。

近隣の交番から様子を見に来た地域課員だろうか。自転車に跨った制服警官が、こちらをうかがっている。

坂巻は駆け寄り、自転車のハンドルを摑みながら言った。

「ちょっとこれを貸してくれ」

「な、なんで……」

制服警官は不服そうに唇をすぼめ、抵抗する。

「人の命がかかっとるとぞ！　ゴチャゴチャ言わんで貸さんか！」

「おい……ちょっと！　待て！　泥棒っ」

「人聞きの悪いこと言うな！　おいは本庁捜一の坂巻たい！」

「捜一だと？　証拠を見せろ！」

「後でな！　いま急いどる！」

「あっ！　待てこらっ！」

　強引に自転車を奪い、ペダルを漕いだ。

　一〇〇メートルほど走れば、そこはもう箱根駅伝のコースとなっている第一京浜道路だ。広い歩道の車道側には、二重三重の人垣が、先頭のランナーの通過を待っている。

　それにしても、わずか一〇〇メートルペダルを漕いだだけで全身から汗が噴き出し、肩で息をするような有り様だった。子供のころはいくら乗っても疲れた記憶がないのに。自転車というのは意外に運動強度が高い乗り物らしい。

　坂巻はいったん自転車を降り、木乃美の姿を探した。

　すぐに見つかった。ヘルメットにライトブルーの制服という交機隊員丸出しの格好なので、なにしろ目立つ。三〇メートルほど東京寄りの場所で、人垣を確認しながら歩いている。

　坂巻はサドルを跨ぎ、バタバタとペダルを漕いで木乃美に追いついた。

「部長。どうしたの」

「どうしたもこうしたもあるか。あとは任せろて言うから任せたのに、下手打ちよって」

「ごめん。でもいまはそんな話をしている時間はないの。早く劉を見つけないと」

「わかっとる。だけん、こうして来たとやろうが」

そのとき、沿道がにわかに騒々しくなった。

中継車に続いて、潤と谷原の白バイがやってくる。先頭のランナーが来たらしい。

「こうしとられん！　早う乗れ！」

親指で後ろの荷台を指差すと、木乃美が顔を歪めた。

「えーっ。なんで。かっこ悪い」

「ママチャリも馬鹿にしたもんやないぞ」

「そうじゃなくて、部長と二人乗りするのがかっこ悪い」

「四の五の言わずに乗らんか！　ここから六郷橋までは、まだ一キロ以上あるぞ！　劉は、あの中継車を狙うとるとに、徒歩じゃついていけんやろうが！」

坂巻は前方を指差した。当然ながら、中継車もランナーと同じ速度で移動する。およそ時速二〇キロ。長距離走経験者でもなければ先行するのは不可能だ。

「わかったよ」

木乃美は渋々といった感じながらも、荷台を跨いだ。

「いいか。できるだけ飛ばすけん、しっかり沿道を見とけ」

木乃美の動体視力をもってすれば、全速力で走る自転車から沿道の劉を発見することなどわけもないはずだ。

「行くぞ！」

勢いよく地面を蹴り、ペダルを漕ぎ出す。

風のように疾走する——のはイメージだけで、思ったほどスピードが出ない。

よろよろと進みながら、息だけが上がってくる。

「部長。ぜんぜん進んでない」

「わかっとる！」

「中継車に置いていかれてるよ」

「これからたい、これから！　おいはスロースターターやけん！」

それは木乃美よりも、自分に向けた台詞だった。

走れ！　走れ！　走れ！

自分の肉体に命じながら、左右の足を交互に踏み込む。

前かがみになり、奥歯を嚙み締め、太腿（ふともも）に力を込める。

肺が焼けるようだ。

それでも懸命にペダルを漕ぐうちに、スピードが乗ってきた。

青山学院大のランナーを抜き、潤と谷原を抜き、中継車を抜き去る。

「まだ！」

「どうだ！　劉はおったか！」

ペダルを踏み込む足に、いっそうの力をこめる。

「どうだ！」

「まだ！」

「どげんな！」

「まだ！」

「まだか！」

「いた！」

アドレナリンが噴き出しまくっていたせいで、その言葉を聞き流していた。

「いたってば！　部長！」

肩をばしばしと叩かれ、慌ててブレーキを強く握る。

振り返ると、三十メートルほど先のガソリンスタンドの前あたりの人垣に、明らかにほかの観衆とは異なる空気をまとった男が交じっていた。周囲が小旗を持っているのにたいし、その男は、ジャンパーの懐（ふところ）に手を突っ込んでいる。

男は間違いなく劉で、劉が懐に隠し持っているのが、おそらく先ほど奪った拳銃だ。

幸いなことに、劉は近づいてくる中継車のほうに注意を奪われ、坂巻と木乃美にはまったく気づいていない。

だが悪いことに、中継車は劉まであと三十メートルというところに迫っていた。

坂巻は木乃美を降ろすと自転車をUターンさせ、猛然とペダルを漕ぎ出した。

中継車が近づき、劉が歩道から車道へと足を踏み出そうとする。

劉のすぐ背後まで到達した坂巻が、自転車を投げ捨てるように降りる。

中継車が迫る。

劉が懐から手を抜こうとする。

そのとき、坂巻の手が劉の腕を摑んだ。劉が振り返る。払いのけようとする力を感じて、さらに強く抑え込む。多少は腕に覚えがあるのなら、これで力の差がよくわかるはずだ。

「やめとけ」

こちらを睨みつける鋭い眼差しを跳ね返すように、低い声で告げた。

中継車が睨み合う二人の横を通過する。

続いて潤と谷原が通過する。

潤は沿道にいる坂巻と木乃美を見て、一瞬だけ「どうしてここにいるの？」という表情を浮かべていた。

8

潤は六郷橋のアーチをおりながら、バックミラーに視線を移す。

一位青山学院大のアンカーは、見えないビニールテープの範囲内に収まっていた。

よし。もうすぐだ。

慎重に。慎重に。

下り坂は要注意だ。知らないうちにスピード超過に陥りやすい。

橋をくだりきる。

多摩川方面から合流する側道から、警視庁の白バイ二台が走り出てきた。

潤と谷原が左に寄るのに合わせて、ごく滑らかに先導役を引き継ぐ。

さすが日本一層の厚い白バイ隊を持つ組織でトップを張る二人だけあって、バトンタッチのこの一連の流れだけでも、並外れた技量だというのがわかる。

潤と谷原はスピードを落としてクールダウンしながら、多摩川河川敷に設営された集合待機所に乗り入れた。

エンジンを切る。マシンが眠りにつく。

終わった。

ふうと息を吐くと同時に、肉体が疲労を思い出したようにどっとだるさに包まれる。

ヘルメットを脱ぎ、冬の清冽（せいれつ）な空気を思い切り吸い込んだ。

同じようにヘルメットを脱いだ谷原が、にっこりと笑う。

「お疲れさま」

「お疲れさまでした。いろいろサポートしていただいて、ありがとうございました。谷原さんがリードしてくださったおかげで、とても走りやすかったです」

「いやいや」谷原が恐縮した様子で手をひらひらとさせる。

「それはこっちの台詞さ。こんなロートルに付き合わせちゃって、申し訳なかったな」

「とんでもありません」

谷原とともに先導の訓練を始めてからおよそ一か月。技術だけでなく学ぶことの多い、有意義な時間だった。

「どうだった。初めての箱根は」

初めては最後と同義でもある。箱根駅伝の先導役という栄誉に与れるのは、一生に一度だけ、というのが神奈川県警の慣例だ。

しばらく虚空を見上げて考えた。

「しんどかったです」それが偽らざる本音だった。

「そうか」谷原は笑った。

「でも、それはたぶん、たくさんの人の想いを受け止めるからなんだと思います」

「他人の想いを背負うのは、しんどいな」

「ええ。一人でもしんどいのに、箱根の先導には、たくさんの人がいろんな想いを寄せたり、自身を重ねたりします。それってやっぱり、とてもしんどいです。でも私には、必要な経験だったと思います」

谷原は微笑ましげに目を細めた。

「谷原さんはどうでしたか。箱根を走ってみて」

「おれ？　おれか……」

少し困ったように鼻をかく。

「終わった。それだけだよ、これで全部ぜんぶ終わり。一メートル進むたびに、仕事でこの道を走ることは二度とないんだって、これこそ本当に花道だなって、送り出してくれた連中の顔を一人ひとり思い出しながら、感触をたしかめてた。本当は走れなかったはずの道なんだ。嬉しかったし、感謝しかない」

そう言って気持ちよさそうに伸びをする。

「もう思い残すことはない。後はおまえたちに託す。交通安全への想いっていう、おれからの襷を」

「受け取りました」

「ちょっと気障（きざ）すぎたか」

へへっ、と照れ臭そうに笑い、潤も笑った。

ふいに憂いを帯びた谷原の横顔が、空を見上げて感慨深げな口調になる。

「桃子（ももこ）は、死んだ娘は見ててくれたかな」

潤は同じ方向を見上げた。

まったく雨の気配はない。

「かっこよかったって、喜んでくれてますよ、きっと」

天気予報はあてにならないなと、潤は思った。

エピローグ

両角麗奈は坂巻の後を追って沿道に飛び出した。

坂巻の覆面パトカーが停車したのは、川崎駅にほど近い路上だった。鶴見中継所まで戻るのは、もう間に合わない。だが「ここで待っとってください」と言われた車中からは、遠くに人垣が見えた。麗奈はいてもたってもいられなくなり、車を降りて走り出した。

襷をかけた何人かのランナーが、ひとかたまりになって目の前を横切る。あらためて目の当たりにすると、すごいスピードだ。こんなスピードを保ったまま、二〇キロ以上の距離を走り切るというのか。

すごい。すごい人たちだ。

そして自分の兄も、そのすごい人たちのうちの一人なのだ。

麗奈にとって、兄の雅志はずっとヒーローだった。おそらくだが、才能に恵まれているほうではなかったのだと思う。高校まで懸命に陸上競技に取り組んできたのに、箱根駅伝の常連校からはスカウトされなかった。唯一、声をかけてくれたのが、創部間もない弦巻大学だった。

まったく実績のない大学に進むことには、葛藤があったようだ。だが兄は自らの力で実績を作るという可能性に懸けてみることにした。そして見事、母校を初の箱根駅伝出場に導いた。

兄は子供のころから走ることが好きだった。父は将来は箱根駅伝のランナーだなと、嬉しそうに目を細めた。だが父は病に倒れ、亡くなった。兄は父の遺志を叶えるために、箱根駅伝に出ることを誓った。努力する姿を見ているうちに、兄の夢は妹の夢にもなった。

夢を抱くことはできても、叶えられる人間は少ない。

だが兄は叶えた。

兄に重ねた、妹の夢も叶った。

「すみません。いま通過したの、何位の人たちですか」

隣で小旗を振っていた五十代ぐらいの男性に訊いてみた。

「何位だっけ……七位とか八位とか、それぐらいじゃないかな」

男性は小首をかしげながら答えた。

その間も、ランナーが続々と目の前を駆け抜ける。

麗奈はいまかいまかと鶴見中継所の方角に首をのばしながら、兄が走ってくるのを待った。

往路で八位だったときには、あまりに順調な結果に少し拍子抜けする思いもあった。シード権獲得を目標に掲げていた兄だったが、少し目標が低すぎたのではないかとすら思った。だが、それほど甘くはなかったようだ。復路でずるずると順位を落とし、坂巻の覆面パトカーで見た中継では、十四位にまで沈んでいた。シード権どころか、襷をつなぐのさえぎりぎりの状況だった。

シード権は厳しいだろうか。そもそも襷はつながったのか。

でも、ぜったいに大丈夫。

誰がなんと言おうと、私は最後まで信じる。

沿道の観衆が小旗を振り始めた。

どこかの大学のランナーが走ってきたようだ。

麗奈は手でひさしを作り、車道に身を乗り出すようにして目を凝らした。

遠くを見るために眉間に皺を刻んでいた表情が、やがて満面の笑みに変わる。

「お兄ちゃん！　頑張れ！」

麗奈は両手をメガホンにして、声の限りに叫んだ。

本作品は書き下ろしです。フィクションであり、実在する個人および団体とは一切関係ありません。

（編集部）

実業之日本社文庫　好評既刊

佐藤青南
白バイガール

泣き虫でも負けない！　新米女性白バイ隊員が暴走事故の謎を追う、笑いと涙の警察青春ミステリー！　迫力満点の追走劇とライバルとの友情の行方は――？

さ４１

佐藤青南
白バイガール　幽霊ライダーを追え！

神出鬼没のライダーと、みなとみらいで起きた殺人事件。謎多きふたつの事件の接点は白バイ隊員――？　読めば胸が熱くなる、大好評青春お仕事ミステリー！

さ４２

阿川大樹
終電の神様

通勤電車の緊急停止で、それぞれの場所へ向かう乗客の人生が動き出す――読めばあたたかな涙と希望が湧いてくる、感動のヒューマンミステリー。

あ13１

伊坂幸太郎／瀬尾まいこ／豊島ミホ／中島京子／平山瑞穂／福田栄一／宮下奈都
Re‐born　はじまりの一歩

行き止まりに見えたその場所は、自分次第で新たな出発点になる――時代を鮮やかに切りとりつづける人気作家７人が描く、出会いと〝再生〟の物語。

い１１

乾 ルカ
あの日にかえりたい

地震の翌日、海辺の町に立っていた僕がいちばんしたかったことは……時空を超えた小さな奇跡と一滴の希望を描く、感動の直木賞候補作。（解説・瀧井朝世）

い６１

池井戸 潤
空飛ぶタイヤ

正義は我にありだ――名門巨大企業に立ち向かう弱小会社社長の熱き闘い。『下町ロケット』の原点といえる感動巨編！（解説・村上貴史）

い11１

実業之日本社文庫　好評既刊

知念実希人
仮面病棟

拳銃で撃たれた女を連れて、ピエロ男が病院に籠城。怒濤のドンデン返しの連続。一気読み必至の医療サスペンス、文庫書き下ろし！（解説・法月綸太郎）

ち11

知念実希人
時限病棟

目覚めると、ベッドで点滴を受けていた。なぜこんな場所にいるのか？ ピエロからのミッション、ふたつの死の謎…。『仮面病棟』を凌ぐ衝撃、書き下ろし！

ち12

堂場瞬一
チーム
堂場瞬一スポーツ小説コレクション

〝寄せ集め〟チームは何のために走るのか。箱根駅伝「学連選抜」の激走を描ききったスポーツ小説の金字塔。（対談・中村秀昭）

と13

堂場瞬一
大延長
堂場瞬一スポーツ小説コレクション

夏の甲子園、決勝戦の延長引き分け再試合。最後に勝つのはあいつか、俺か――野球を愛するすべての人に贈る、胸熱くなる傑作長編。（解説・栗山英樹）

と15

堂場瞬一
ラストダンス
堂場瞬一スポーツ小説コレクション

対照的なプロ野球人生を送った40歳のバッテリーに訪れたフィナーレ――予想外に展開する引退ドラマを濃密に描く感動作！（解説・大矢博子）

と17

堂場瞬一
ヒート
堂場瞬一スポーツ小説コレクション

「マラソン世界最高記録」を渇望する男たちの熱き人間ドラマとレースの行方は――ベストセラー『チーム』のその後を描いた感動長編！（解説・池上冬樹）

と110

文日実
庫本業 さ43
社之

白(しろ)バイガール 駅伝(えきでん)クライシス

2017年11月15日 初版第1刷発行

著 者 佐藤青南(さとうせいなん)

発行者 岩野裕一
発行所 株式会社実業之日本社
〒153-0044 東京都目黒区大橋1-5-1
クロスエアタワー8階
電話 [編集]03(6809)0473 [販売]03(6809)0495
ホームページ http://www.j-n.co.jp/
DTP ラッシュ
印刷所 大日本印刷株式会社
製本所 大日本印刷株式会社

フォーマットデザイン 鈴木正道(Suzuki Design)

ISBN978-4-408-55392-4（第二文芸）